悲情城市

A CITY OF SADNESS

朱天文・吳念真

1

侯孝賢說，《悲情城市》捨精緻的剪法，而用大塊大塊的剪接，不剪節奏的流暢，而是大塊畫面裡氣味與氣味的準確連結。一部電影的主題，最終其實就是一部電影的全部氣味。

是的，導演的思路並不同於編劇的思路。

2

陳松勇飾大哥林文雄。

經營「小上海酒家」，港邊的商行做運輸。

日皇宣布無條件投降當日，文雄外面的女人生下一子，因為是在停電期間突然電來燈亮的一刻出生的，取名林光明，這年文雄四十歲。

3

梁朝偉飾老四林文清。

在金瓜石開照相館，與知識青年吳寬榮同住。八歲時文清從樹上摔下，跌傷頭痛，大病一場，病癒不能走路，一段時間不知自己已聾，是父親寫字告訴他，當年小孩子亦不知此事可悲，一樣好玩。

4

二哥林文龍徵去菲律賓當軍醫，無音訊。全家都已看破，只有二嫂，仍然把診所保持得一塵不染，相信丈夫一定平安活著，有一天會回來，一回來就跟以前一樣，開始替人看病，開藥、打針，聽曲盤，聽貝多芬。

祝林文良出征
祝出征林文良
祝林文良出征
祝出征

5

高捷飾老三林文良。

會多種語言，與大哥外面的女人的哥哥是死黨。戰爭期間日本軍部徵去上海當通譯，敗戰後被當成漢奸通緝，逃奔返台，深受刺激。

6

辛樹芬飾吳寬美，吳義芳飾吳寬榮。

妹妹在台金醫院當護士，哥哥在國民小學教書。哥哥把妹妹託付給林文清，他說：「不要告訴我的家人，讓他們當我已死，我的人已經屬於祖國美麗的將來。」

7

小川靜子，父親，與戰死的哥哥。

戰敗後，日僑遣送處成立，將被分批遣送回國。靜子出生於台灣，母親也死在這裡，自己的國家倒是陌生遙遠的，她說：「一生裡最好的時光是在這裡度過，不會忘記的啊……」

8

右起張大春飾《大公報》記者，詹宏志飾大陸回來的林老師，吳念真、謝材俊飾國校教員。

他們都是吳寬榮的好朋友。二二八事件時，記者因西裝上別有報社徽章，故沒被毆，林老師參加處理委員會，每天去公會堂開會。

9

廢墟，紅猴的棄屍。

紅猴來找老三文良，說戰爭期間日本人在金瓜石的坑洞內印製鈔票，投降後，有人盜了幾麻袋出來，但鈔上的章子在別處印，問老三有無頭路可以做印章。

10

右起雷鳴與文帥飾上海佬。中間林照雄與林鉅飾田寮港幫的阿城、金泉。

上海佬因與老三文良舊識，來找他希望提供船隻，運米糖去上海，再搞私貨回來，兩邊賺。後來田寮港幫與上海佬結成了一股新勢力。

11

結怨。

上海佬與田寮港幫為爭奪利益範圍，用漢奸戰犯檢肅條例去密告檢舉文良和文雄。文雄逃脫，將沒收的白粉還給上海佬，條件是請其利用官方的關係，讓老三在過年前保釋回家團聚。

12

死別。

大哥想起了幼年的事。母親撒手離去時，囑咐他照顧這個家，老二沒有問題的，老三性情浮躁不定，容易出事，最令人擔心，老四有技術，將來謀生不難……

13

文清與寬美。

他抓她的手寫字：妳也知道，總有這一天，是不？

她點頭。

他又寫：暫回四腳亭，好好照顧孩子。

她拉過他的手寫：不，從離家那日起，我已決定，我們生死一命。

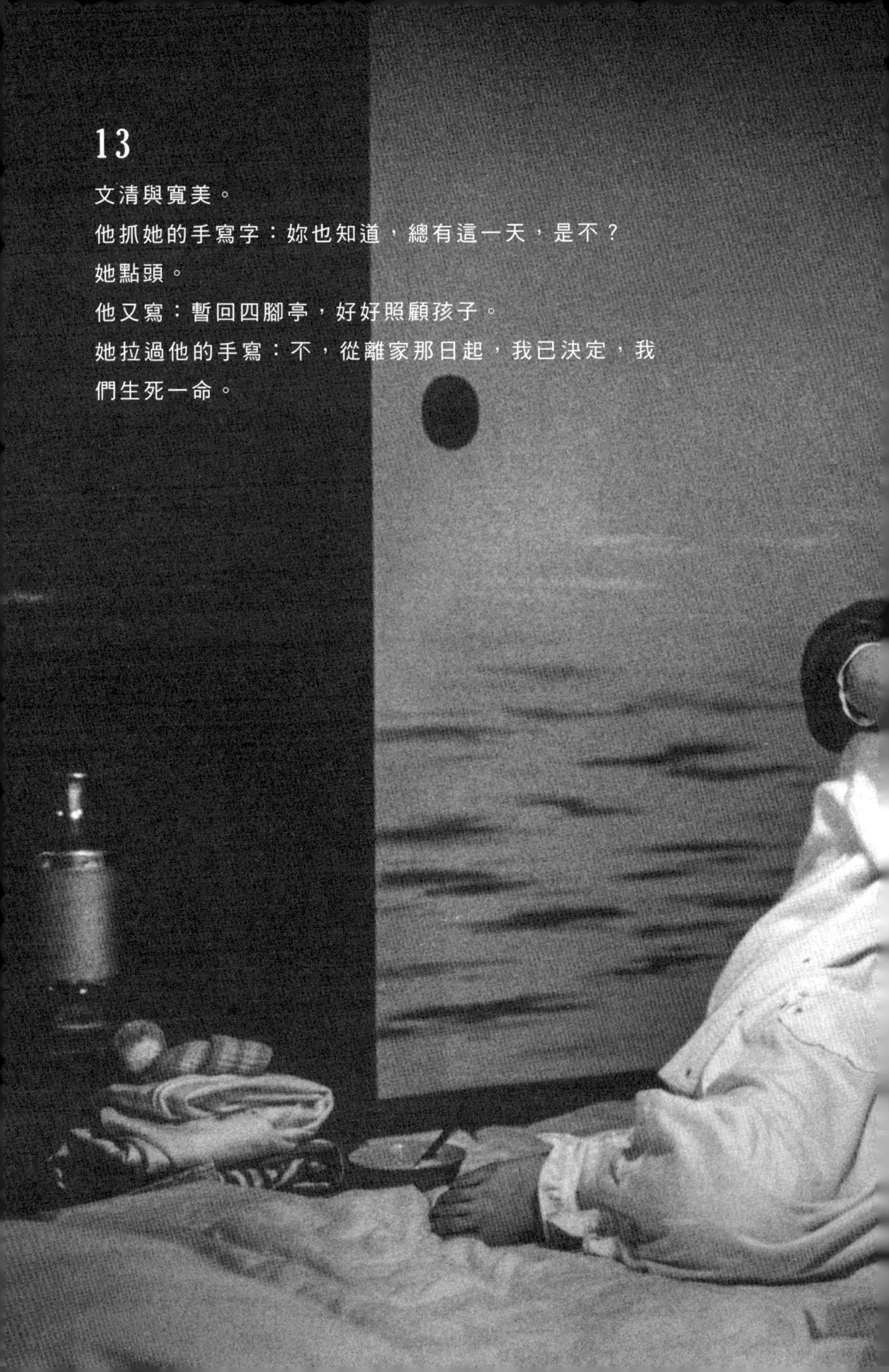

14

生離。

文清一家三口人，他們曾經想過逃亡，但要逃去哪裡呢？所以他們又回來了，在照相館畫著窗簾壁爐花瓶的布景前面，盛裝的三人拍下了全家福……

侯孝賢說，如果能拍出天意，那就太過癮了。隨後他用了大家比較好接受的現代語言，自然法則。他說：「我希望我能拍出自然法則底下人們的活動。」

15

林口山區的拍攝現場。

推薦序——

悲情點畫法

國家電影及視聽文化中心董事長　藍祖蔚

偉大事件都是由一系列的小事件組合而成。

Great things are done by a series of small things brought together.

把一些相異或相似的情調、色彩與線條元素整合一起，從主題定調，揉合喜樂，靜默或哀傷在光影中顯像，就能創造和諧。

Harmony is the analogy of contrary and similar elements of tone, of color, and of line, conditioned by the dominant key, and under the influence of a particular light, in gay, calm, or sad combinations.

——點畫法畫家秀拉（Georges Seurat）

點畫法最適合處理安靜或緩慢的時光議題，畫家不求照片般寫實再現，而是試圖傳達一種情境的氛圍或印象。《悲情城市》三十三週年數位版上映前夕，重看電影，重讀劇本書，秀拉的點畫法理念一直就在眼前和心頭跳躍著。

三十三年前出發前進威尼斯影展時，隨身行李就放著一本《悲情城市》劇本書。因為《悲情城市》入圍威尼斯影展競賽，才有這趟威尼斯旅程，什麼樣的題材、什麼樣的電影促成這場機緣？在看到《悲情城市》電影之前，啃食劇本，先了解基本架構與情貌，是唯一線索，也是採訪前不可或缺的功課。

一九八九年九月九日《悲情城市》在威尼斯首映，觀後心情五味雜陳，既有揭開神祕面紗的盲動，亦有遇見史詩的歡情，更多的卻是「就這樣啊？」的輕歎。

電影長得和劇本不同，也和「想像」不同，幾乎是多數電影必然的創作腳步，從發想到執筆，從拍攝到剪接，電影為什麼會長成最後這副模樣？多年後為什麼又會冒出終極導演版？都是電影產業既有趣又特殊的生態話題。《悲情城市》定剪後就沒再修剪或增長或補遺，也因為它夠大，備受注目，所以才能先出版劇本書，甚至有分場與文字劇本的對比並置，供人細品深究。

本書收錄的朱天文分場共有八十八場，吳念真劇本則多了三場，共九十一場。不過影視聽中心典藏的「合作社」時期拍攝劇本則多達一〇二場，多出的部分對於三哥三嫂這條線著墨較多，對阿猴涉入的假鈔風波交代相當清楚，然而最後成片及成書時悉數皆已刪去。幸好三十三年後有這本一〇二場劇本可相比對，對於影片結構和角色塑造有了更清楚意象，也約略可以體會侯孝賢和廖慶松在剪接機前的斟酌盤算。沒能收進書中的這本一〇二場劇本，或多或少也印證了保存電影史料的重要價值。

出發採訪前，對《悲情城市》的劇情脈絡略知一二，對相關歷史，政治和社會議題的探討，也都曾張羅搜尋過一回。然而，從宣傳詞、劇照、海報所累積的想像與憧憬，最終落實進電影膠捲中，有多少浮光片羽得能烙印心田，收關個人學養、感性，任人各自表述，自由拍板定調。

二二八事件與《悲情城市》的連結是電影宣傳重點之一，然而參與甚深的攝影師陳懷恩每每憶述往事時，都不忘強調：「我們在拍片現場，幾乎沒有人提到二二八。」二二八事件是電影的時間參數之一，是那段時光不容忽視的悲情烙印，是全片關鍵轉折，卻非唯一重點。畢竟，在史料闕乏的迷霧中，誰能先真相？又如何見真相？要求一部電影擔起史家角色，還原歷史情貌，是否太過求全？因應議題而生的「政治解讀」與「歷史真相」壓力，對但求追求藝術表現的電影工作者而言豈非太過沉重？

偏偏來到放映現場，宣傳上使用的政治言詞（「在今天以前，這個故事，你聽不到，也不能講……」）及國際大獎的光環加持，都讓公眾聚焦及熱議重點無可避免鎖定在二二八事件上，失望或惆悵大抵皆源自侯孝賢對二二八事件的呈現方式：多方溯源探其因，卻不直書本事，低調重現動亂場景，未多搬演。冷靜又節制來呈現事件結果，雖然給人舉重若輕的錯茫之感，但若透過點畫法的美學觀點來理解，或許就得著另番風景。

電影的核心主線在於阿祿師一家從一九四五到一九四九年的歲月風霜。阿祿師膝下四子：老大林文雄有血性豪情，在亂世跌撞持家營生；老二文龍消失在二戰煙硝中，從未現身；老三文良縱浪江湖，身陷上海幫與田寮港幫的利益爭奪；老四文清有文青本色，帶出妻子寬美兄長寬榮追求社會正義的左翼菁英思潮，也透過寬榮對小川靜子和日本文化的孺慕，帶出政權交替之際失望青年的文明挫傷。

正因為時空座標選定在一九四五到一九四九年間，舉凡政局動盪、民生凋弊、官商勾結和走私衝突，多多少少都連動著日後的二二八事件，林吳兩家所經歷與見證的諸多小事件匯聚而出的生命情貌，毋寧就是時代素描，近觀或嫌細小不詳，遠觀卻因點點滴滴都已成像，而能浮現概略輪廓，知其是，知其然，終能若有所悟。

是的，就只能是若有所悟，侯孝賢沒想透過《悲情城市》寫歷史政論，他曾經掛在嘴上的「拍出天意」，其實更接近一幅秀拉的點畫法畫作：似是，卻又不盡然都似，水彩或粉彩、油彩或墨色，都只能是貼近真實的若有所悟，距離與意象給了《悲情城市》一個特殊位子與角度，重新觀看那個時代。

除了情節與影像之外，聲音的點畫法亦是《悲情城市》的美學成就之一。我選在劇本書之前強調聲音表現，關鍵就在於聲音有著劇本絕難呈現的情緒質感，卻是影像與故事得著立體身影的奧妙關鍵。畢竟，不論是密稠或者鬆闊的美學悸動，多數都源自觀影當下，從耳朵進入心靈的聲波共鳴。

不是陳松勇的江湖煙嗓，那句「咱本島人最可憐，一下日本人，一下中國人，眾人吃、眾人騎、就是沒人疼」經典台詞，或許就沒了穿心入腦的震撼能量。草莽漢子的情境感觸，唯有在悠然醒覺的清靜時光點上，才讓血性感歎得著了透視史頁的力量。讀唸有別，說演有殊，肉身點化的能量超越了文字所承載的想像容量。

同樣，「哇係台灣人！」讓梁朝偉在尖刀威脅下脫口而出的這句唯一台詞，只有他生疏的台語得能模彷瘖啞人聲線，爆發出驚天力道。是演員能力局限的因緣際會，亦是因勢利導的巧合巧思，才能碰撞這款火花。

至於透過言談、樂音、書寫與誦讀，以莊敬肅穆的禮儀展現對東瀛前朝的文化嚮往，更是不著痕跡的一抹淡彩。我們其實無從檢視撞入眼簾的花藝、書法、和服和竹劍，以及「同運的櫻花，儘管飛揚的去吧，我隨後就來」的青春感性俳句，究竟是誰的點子，唯一確定的是沒能寫進劇本的〈紅蜻蜓〉風琴樂音，恰為美好東瀛時光留住耐人咀嚼回味的聲音印記。

當然，商場交易時穿插運用的台語、北京話、粵語、上海話和日語，暗藏著多少爾虞我詐？那是非我族類的生存密碼，卻也是滋生誤會與拚鬥的溫床。

至於，行政長官陳儀「台灣同胞們……」的寧波官話廣播，固然提供了事件爆發後的官方態度及說法，卻又交代出不看字幕不知其所言的聆聽困境，那正是「書不同文，語不同言」的時代亂象。就連金瓜石醫院裡，「你哪裡疼啊？頭疼，肚子疼……」的國語教學現場，日治五十年後的台灣民眾，對於聽不懂的語言能理解多少？人生信靠又豈是三言兩語能夠促及？南腔北調雜沓交響，隱隱托顯政治權力與階級地位，時代氛圍直逼眼前，在在皆見點畫法的暈染外擴之力。

《悲情城市》的聲音美學另外也可以參照片中不時浮現的文字書寫，那是默片時期慣用的文法，無以言傳的情思意境，逕以黑底白字寫上銀幕。

此一設計原是既然基於市場考量，邀了梁朝偉主演，但不會說閩南語，一開口就露餡，就會讓人出戲，只能改變角色，讓他飾演的文清因幼時意外再難開口，對外溝通全賴筆談，「十歲以前是有聲音的，我還記得羊叫。記憶裡最後的聲音，從龍眼樹上摔下來，樹枝喀——嚓，斷裂的聲音。」朱天文分場大綱裡透過筆談清楚交代了文清失聰往事，畫面上可以看見私塾上課，幼童擺首弄姿扮起子弟戲的情景，侯孝賢終究只想點到為止，羊叫之後的那一句龍眼樹就沒再多言了。

既然用上字卡，未必就專屬文清。字卡有定風珠功能，幾行大字適時穿插浮現，緩和了情緒，點出了重點，也交代了細節，也得著旁白能量。不管是寬美的日記或阿雪的書信，每位角色的O.S.有如絲絲細線，牽動也補足了當事人來不及用肉身詮釋的生命過場，透過書信唸白，混亂時代的吉光片羽有如點畫法的大珠小珠，串綴起家族與城邦風雨。

文清為家人所拍的全家福照片，沒有啼哭，沒有傷別，就是生命的最後見證，前一場戲是他們試圖帶著行李遠行，走或不走，又能走出去哪裡？沒能交代的的心理轉折最終只能交給寬美的O.S.，只是分場中的「……我們沒有走，因為不知道要走到哪裡。我到過台北託人探聽哥哥，毫無音訊。阿樸長牙了，常愛笑，神情很像妳小叔……」或者文字劇本中的「阿雪，小叔被抓了。至今下落不明，我們曾想過逃亡，但我們知道終究是無路可逃的。」「被抓的那天，小叔在替客人照相，他堅持做完工作，然後平靜地被帶走。我到過台北託人打聽，卻毫無消息。阿樸長牙了，常愛笑，眼神像極了小叔。有空來看我們，九份秋深，滿山芒花，白茫茫的一片，像雪。」透過電影比對，你明白了侯孝賢的剪裁與割捨，創作心法無法言詮，逐一比對，必有體悟。

聲音的最終一筆得落足最後才進入電影的主題音樂。

我採訪過出品人邱復生，問他身為老闆，對《悲情城市》的最大貢獻是什麼？他的回答出乎我意料，竟然是音樂。理由之一相當有趣，他接觸電影是從演奏《養鴨人家》電影配樂開始。當時侯孝賢另有配樂人選，但邱復生堅持要上國際舞台拚鬥，就要找真正的高手，透過好友三枝成章協力，找到了S.E.N.S.和立川直樹等人，打造了《悲情》主題樂章。

從威尼斯到台北，三十三年來不知看了多少回《悲情城市》，主題音樂的辨識強度確實主宰也喚醒了觀影印象，音樂響起，你好像就又看見了梁朝偉走在九份山路上，滿山菅芒花，迎風飄舞的畫面。

他還不忘叮嚀我：首先看有配樂的電影，然後關掉聲音，兩相比對就能明白音樂是否替電影加分了。

是啊，一切就像那首留聲機刻盤播送出來的〈羅蕾萊〉民謠，無端飄進電影時，你就像著了魔的水手，再難抗拒吟唱水妖，《悲情城市》的聲音交響，讓史詩終成詩。

目錄

推薦序——悲情點畫法 藍祖蔚 21
序 朱天文 33
悲情城市十三問 朱天文 37
分場 朱天文 75
劇本 吳念真 129
後記 朱天文 259

序

朱天文

關於《悲情城市》的劇本出版，到底是用吳念真的版本呢？侯孝賢的電影版本呢？還是文字劇本出版一次，電影劇本再出版一次？

現在，我們決定以可讀性高的文字劇本面貌出版。把電影的歸給電影，文字的歸給文字，這是一個理由。至於劇本與電影之間的若大差距，把它歸給電影發燒友，燒友們肯定有興趣去研究搞個明白的。

實際的情形是，「分場」保存了導演的構思過程來龍去脈，「劇本」展現吳念真對白的魅力，「電影」則是把以上二者都扔到一邊直接面對拍攝。

出版時，吳念真將劇本重新整修一遍，使其更宜於閱讀留傳。我寫〈悲情城市十三問〉當作側記，說明此片是在什麼樣的狀況下獲得資金開拍，將以何物贏得賣埠，以及它的源起、編排、拍攝過程。十三問，乃借疑發揮，所有的懷疑其實最後都指向一個質詢——劇本等不等於電影？編劇的思路同不同於導演的思路？

《悲情城市》自民國七十七年十一月二十五日開鏡，在台灣拍攝共六十九天，今年五月中旬赴廈門三天拍了若干港口帆船的鏡頭，此刻正在剪接中。侯孝賢說，捨精緻的剪法，而用大塊大塊的剪接。不剪節奏的流暢，而是大塊畫面裡氣味與氣味的準確連結。他說，一部電影的主題，最終其實就是一部電影的全部氣味。

的確導演的思路並不同於劇本的思路。

兩年半前出版《戀戀風塵》——劇本及一部電影的開始到完成——其目的為對應當時台灣的電影環境所發出的呼籲：「給另外一種電影一個生存的空間吧。」那麼兩年半後出版《悲情城市》一書，目的又是什麼呢？

我這樣想。目前正在鬆動變化的大環境，促使民間的活力從各個隙縫間釋放出來，電影何嘗不是。有越來越多種可能的經營方式出現，意味著有更多種不同型態的電影皆可並存。當我們逐漸跨越出生存的迫切性走出一個較能活動自主的空間時，關心的焦點自然也不一樣。除了向來非楊即墨的派別之爭，路線之爭，意識型態之爭，似乎還別有一塊洞天可以拿來想像，思考。喧囂的運動之後，是長期而深入的實踐過程。與創製面對面，絕對，需要有更多層次的、綿密敏銳的心智去從事。倚倚玄談，沒用。理論與批評亦然。

由於親身體驗，編劇的思路簡直與導演的思路兩樣，這是一個有趣的題目，但幾乎無人注意過。現在若用整本書來開發這個論題，似乎太奢侈。

然則此書假如能提供一點線索，讓不論批評者、理論者、或創製者去做更多角度的發想，和更深細的辯析，在一點點釋放出來的空間裡從容精耕。如此也是日行一善矣。

一九八九・六・二十三

悲情城市十三問

第一問

侯孝賢是搖錢樹？

是的，對不起，他是。

侯孝賢是搖錢樹，這句完全違反常識的大膽預言，不是我說的，是詹宏志早在民國七十五年所說。稱它作預言，因為不僅是它說得簡直太早，早在開放探親、黨禁報禁解除之前，那時侯孝賢正是當紅的票房毒藥，並且截至目前為止我們能看見的，侯孝賢但求做為一棵保本樹，那已經是他最好的狀況。

民國七十五年《戀戀風塵》與七十六年《尼羅河女兒》的拍攝期間，為了請詹宏志策劃宣傳有數次見面談話的機會，我後來才發現，詹宏志對單次單部影片的宣傳其實興趣不高。他的想法很大，大到出資老板不免也對他覺得同情。他的許多看似險招奇術，事實上是吾道一以貫之。要用，就要徹徹底底連他的背景和基礎一起用，押全部，贏大的。詹宏志洞悉這一切，一邊卻也婉轉盡意的陪耗了不少時間，結果亦如他所料，大腳穿小鞋，三折五扣繞一大圈後畢竟還是回到原來安全的老路上。對於他的創意，不能用，不敢用，也不會用。就是在那段時期，我恭逢其盛，耳聞他談話之中謬語肆出。譬如他說，侯孝賢是搖錢樹。

他說，我談的是生意，不是文化。

他說，這是一個沒有風險的生意。

他說，賣電影可以像賣書。

他說，侯孝賢下部片子的首映應當在國外，巴黎，紐約，或東京。

他說，把侯孝賢當西片做。

他說……他說過很多。我感到榮幸，在爆發那些似偈似頌的結論的一刻，我是現場目擊者。詹宏志常常是「結論在先，證明於後」。關於以上所說，尚未見他演證於文字，那麼可否暫時讓我以現場目擊者的亢奮心情，先來雜議夾敘的蕪講一遍。

第二問

藝術與商業兼顧嗎？

錯了，為什麼要兼顧。

侯孝賢之所以仍有賺錢的一點希望，乃是因為他的藝術，而非他的商業。

是這樣的。一般產品的市場策略，可以尋求「大眾市場」，也可以尋求「特殊區隔市場」。如唱片，一張古典音樂唱片在台灣也許只有數千張的市場，但它會在全世界都有一部分區隔市場，集合起來就是驚人的規模。同樣，影片除了好萊塢的「大型公司」能真正出品掌握全世界的大眾市場以外，其他在國際市場活躍的電影出品國都採用了特殊區隔市場的策略，尤其是法國。法國目前乃世界第二大電影出口國，憑藉的並非大眾通俗作品，而是調子偏高的藝術創作。

錄影帶市場崛起之後，使電影市場的「賣埠」有了全新的面貌，區隔化的程度愈高，各類影片互販的機會愈大，過去亞洲人影片難打進歐美市場的情形已有新的改變。錄影帶亦改變了電影的收益結構，它進入一種可稱之為「勸募式」的收益方式，即電影開拍時，實際上已賣出了有線電視和錄影帶的版權，最後再加上戲院的租金。戲院不再是電影收益的唯一來源，它只是一部分。

所以一方面經營台灣的中高水準觀眾市場，一方面爭取歐美其他地區的藝術電影市場和小眾市場，如此包括國內、海外和影視錄影帶各項權益總和，才是評估一部影片的盈虧實績。

歐美市場的賣埠交易回收較慢，約需一年至一年半，電影公司必須有較長期的投資計畫，和較為健全的財務能力。此不同於以往國片的市場計算觀念，帶給我們莫大福音，之一，感謝老天，至少不必每部片子都被迫驅入一場毫無選擇的賭博中——在台北地區首映的一翻兩瞪眼掀牌之後，三天以內立刻定生死。而不論是短命的三天一週，長命的兩星期，或成龍超長命的三星期，片子演完就完了。短線進出，便是台灣一般片商經營電影的唯一方式，根深蒂固，箍制了多少想像力與發展。

現在，新的市場策略，使得國片在台灣上映也將有革命性的變化，好比採用西片發行方式，意指上片時的戲院數目較少，映期更長，票價較高，尋找菁英觀眾為訴求。它使得更多種少數人看的電影成為可能，電影的類型更加多元，不再那麼集權。它使得電影壽命是可以因著對品質的要求而獲得延長，其長期持續性的各種權益回收，是可以到十年二十年後仍然在進帳。賣電影像賣書。詹宏志說，我談的是生意，不是文化。

此迥異於國片向來的運作系統，是本來就在那裡的，以往我們並沒有足夠條件進入這個系統。而今國片有產品能以其數年來影展累積的成果，轉為商業上的實質收益的時候，就當充分發揮產品其不可被取代的特殊性，去開發這個市場的無比潛力。

於是做為我們思考的空間和時間的場景，不一樣了。以全世界賣埠為對象，以五年十年做單位來營運，想想，我們可以做出多麼不一樣的事情來。

讓朱延平做的歸朱延平，讓星馬市場的歸星馬，讓美加華埠的歸華埠，讓侯孝賢拍他要拍的。拜託他不要夢想去做史蒂芬史匹柏，那是不可能。拜託他也別以為他可以拍出叫好又叫座的影片諸如《金池塘》（宋楚瑜語），或《齊瓦哥醫生》（邵玉銘語）。他只能拍他所能拍的，此若得以充分實踐的話，他才有機會變成「只此一家、別無僅有」，而這個，就成為他的商業。

假如有一天他的片子不小心大賣了，對不起，那絕對是一個意外。

第三問

台灣電影被他們玩完了？

你說呢？

不妨參閱《自立晚報》民國七十八年一月十六日藝文組策劃吳肇文執筆的〈侯孝賢楊德昌為國片開拓新的海外市場〉，內有附表，詳細列出了賣埠地區和收入。那樣的成績，不過是靠朋友們兼差做做，毫無經營可言的情況下獲得的。若有識貨者善加經營，詹宏志謬言曰，投資侯孝賢要比投資成龍還少風險。

言者諄諄，聽者藐藐，間或聞道大笑之的也很多，這樣兩年過去。要到七十七年，年代影視公司以它多年買賣影片錄影帶版權的經驗，足以想像詹宏志所描繪出的美麗烏托邦，邱復生決定下海投資了。

十一月二十五日，《悲情城市》在金瓜石一處老式理髮屋內開鏡，拍梁朝偉扮演的老四文清在修底片。八角形屋子，前廳有兩張笨重如坦克的理髮椅，後廳改裝成照相館，文清默默工作時，前面是市人，洗頭的，剪髮的。

以上，我說明了《悲情城市》是在什麼樣的狀況裡得到了資金開拍。

第四問

只不過是東方情調而已？

可能是，可能不是。

正如大陸第五代導演的作品頻頻在國外參展獲得大獎，亦引起彼界內褒貶兩派強烈爭議，最能代表另一種聲音的是譏評他們「脫自家的褲子給外人看」，把貧窮愚昧當成賣點販賣給外國人，《黃土地》是，《老井》是。而《紅高粱》濃烈影像的性與暴力，則一新外國人對孔教謙謙中國的刻板印象。

我們還可推舉別例，台灣產的《玉卿嫂》、《桂花巷》、《怨女》，提供了外國觀眾瞧伺中國女人情慾形態的櫥窗。好萊塢產的《末代皇帝》，滿足了西洋人對神祕古老中國的好奇感與窺隱癖。田壯壯以西藏生活為背景的《盜馬賊》，奇風異俗和壯麗高原圖畫還不錯。侯孝賢亦只不過是東方情調而已。

這些，可能有是，可能有不是。

若要談台灣電影怎樣在世界影壇佔一席之地，稍具常識者皆知，商業片無論如何沒有一點希望，連香港的、成龍的尚且拚不過，又拿什麼去跟好萊塢競爭——當然如果我們有悲劇英雄執意去搏拚，相信無人會反對。立足台灣，放懷世界，上上策我們能做的，就是拿出別人沒有台灣才有的獨門絕活，好吧，稱之為土產也可，異國情調也可，或大的、第三世界美學意識，也可。總之我們有，別國沒有，管它是好奇來看的，膜拜東方文化來看的，研究來看的，尊重少數民族來看的，總之他們都要來看，來買，我們贏了。

看第一部，我們說是因為東方情調。看第二部，我們說那還是東方情調。看第三部，好吧，仍然是東方情調，那麼這個東方情調到底是啥玩意兒！

第五問

抒情的傳統或是敘事的傳統？

嘿嘿，會不會跑出混血兒。

此處，我必須大量引證陳世驤的言論做為後援。陳世驤（一九一二～一九七一）曾任柏克萊東方語文學系系主任，主講中國古典文學及中西比較文學。他的中文著作我只見過一本《陳世驤文存》，是民國六十一年七月志文出版社出版的新潮叢書之一。張愛玲寫道，「陳世驤教授有一次對我說：『中國文學的好處在詩，不在小說。』有人認為陳先生不夠重視現代中國文學。其實我們的過去這樣悠長傑出，大可不必為了最近幾十年來的這點成就斤斤較量。」

小說如此，遑論新興毛頭電影。為了能夠清楚的說明一個觀念，對不起，只好高攀中國和西洋的文學傳統來比賦一下。

陳世驤說，中國文學與西方文學傳統並列時，中國的抒情傳統馬上顯露出來。人們驚異偉大的荷馬史詩和希臘悲喜劇造成希臘文學的首度全面怒放，然則有一件事同樣令人驚奇，即，中國文學以其毫不遜色的風格自西元前十世紀左右崛起到和希臘同時成熟止，這期間沒有任何像史詩那類東西出現在中國文壇上。不僅如此，直到兩千年後，中國還是沒有戲劇可言。中國文學的榮耀並不在史詩。它的光榮在別處，在抒情的傳統裡。

抒情傳統始於《詩經》，之後是《楚辭》，楚漢融合出了漢樂府和賦。由於賦沒有像小說的布局或戲劇的情節來支撐繁長的結構，賦家把訣竅便表現在鏗鏘怡悅的語言音樂裡，如此把自己的話語強勁打入他人的心坎。賦裡一旦隱現小說或戲劇的衝動，不管這衝動多微弱，它都一樣被變形，導入隱沒在眩耀的詞句跟音響上。

樂府和賦繼續拓廣加深中國文學道統的這支抒情主流。風靡六朝，綿延過唐以後的世代，與新演化的它種主流在一起，或立於旁支，或長期失調難長，或被包攝併吞。當戲劇和小說的敘述技巧最後出現時，抒情體仍然聲勢逼人，各路滲透。元小說，明傳奇，清崑曲，試問，不是名家抒情詩品的堆疊，是什麼？有人說中國這種文學特色是受印度影響的結果。事實呢，印度的影響是種植在早已開花結果的中國土地上。中國的抒情種子已經生長起來，印度抒情文體的輸入使它更華麗而已。

希臘當然也有平德爾（Pindar）和莎孚（Sappho）的抒情詩，也可以在荷馬作品中挑出片斷的頌詞警語，希臘悲劇的合唱歌詞裡也有許多韻律優美的東西，但只要看看希臘人一討論起文學創作，重點就銳不可當的擺在故事的布局、結構、劇情和角色塑造上。希臘哲學跟批評精神把全副精力都貫注到史詩戲劇裡。兩相對照，中國古代對文學創作批評及美學關注，完全拿抒情詩為主要對象。注意的是詩的音質，情感流露，以及私下或公共場合中的自我傾吐。仲尼論詩，興、觀、群、怨，講的是詩的意旨也是詩的音樂。「詩言志」，在於傾吐心中的渴望，意念，抱負。

把抒情體當作中國或其他遠東文學道統的精髓，會有助於解釋東西方相抵觸相異的傳統形式和價值判斷。一個足以屹立於世的傳統永遠都是生氣蓬勃的。抒情詩在中國就像史詩戲劇在西方，那樣自來已站在最高的位置。

西方對抒情傳統的評價，從中世紀經文藝復興一直都在與日俱增。「抒情詩是純詩質活力的產物」，因此「抒情詩（lyric）和詩（poetry）是同義字」。再加上柯立芝（Coleridge）的浪漫看法：「不管散文或韻文，所有成功的文學創造都是詩」，那麼我們可以回頭也撿到一句代表東方文學觀的中國老話：所有的文學傳統，統統是詩的傳統。

陳世驤且專文論述「詩」這個字在中國最早的源起，及其如何演升為表達抽象範疇的名詞。因為一個新名詞的建立，代表一個新觀念逐漸辯析成形，其過程在當初是激烈新鮮的。

他提出，「詩」字最早的應用，特有所指，是在公元前第九世紀至第八世紀，西周末年厲宣幽三朝。西洋文藝哲學和批評上承希臘，可說來奇怪，事實是直到亞里斯多德時代，希臘文中竟尚無一個「詩」字。亞氏的《詩學》（*Poetics*）是一創舉。但他開宗明義就說，用抑揚格、輓歌體或其相等音步寫成的藝作，直到目前還沒有名字。為要闡明詩的藝術旨趣方法，他又非用一個相當於「詩」的字不可，只好強用了一字，此字後來拉丁文寫成poesis，中古英文的poesie，和現今的poetry。然而這個字在當時希臘文中只是普通「製作」的意思，可泛指一切製作品，是經過亞氏一番辯析創見，此字才成了專名。據考《詩學》作成於公元前三三五至三二二年間，當中國戰國晚期，已是屈宋騷賦創作的時代了。

的確，從來西方文學傳統的最高境界不在詩，在悲劇。悲劇性tragic一詞，意指嚴肅的，常超乎自我的，恐怖與憐憫，對人生大宇宙的徹悟。

希臘悲劇，是把英雄個人的意志，跟命運的擺布，兩者衝突加強戲劇化。或是悲劇主角盲目的行動著，直到最後發現命運一直已安排好了他的下場，他毫不自知。對此我們經驗到悲劇性的恐怖和憐憫，從中獲得了洗滌、昇華。人跟命運直接接觸，命運成了人格的化身，而且不只一個，是三個女神，用線索牽著每一個人。但命運在中國不論是天命或天道，它都不是人格化的。所謂天網恢恢疏而不漏，命運包蓋一切無可逃避，但它並非有意志人格的神，而只比作一個網，雖然不漏，但是疏的。所以個人的意志和這樣一張茫茫漠漠的網衝突時，自然不會帶衝突性。本來中國文學自古便沒有產生過像希臘那樣的悲劇。

中國文學裡的命運觀念，既然不像希臘化身為三個有形象的女神，那麼是以什麼姿態出來呢？陳世驤說，命運常是一個空白的時間和空間的意象，是巨大無邊流動的節奏，沒有人格意志，不可抗逆，超乎任何個人，在那裡運轉。個人沒法和它發生衝突，就像地球運轉一樣。固然一個人也可以說向著地球運轉相反的方向走，但若這就是和地球衝突，那實在太可笑了。非但不成為悲劇，倒是喜劇。愚公移山，夸父追日，在中國的文學傳統上都當作是好笑的人物。

詩的方式，不是以衝突，而是以反映與參差對照。既不能用戲劇性的衝突來表現苦痛，結果也就不能用悲劇最後的「救贖」來化解。詩是以反映無限時間空間的流變，對照出人在之中存在的事實卻也是稍縱即逝的事實，終於是人的世界和大化自然的世界這個事實啊。對之，詩不以救贖化解，而是終生無止的綿綿詠嘆，沉思，與默念。

陳世驤指出，十九世紀末，有少數幾個歐洲文藝批評家和戲劇家，為西洋的悲劇藝術找新路子新標準，他們提倡所謂是「靜態的悲劇」，要一齣悲劇的戲裡面取消動作。主張「生命裡面真的悲劇成分之開始，要在所謂一切驚險、悲哀和危難都消失過後」，「只有純粹由赤裸裸的個人孤獨面對著無窮大宇宙時」，才是悲劇的最高趣旨。不過這些理論對當時悲劇的創作上並沒有發生什麼力量，亦缺乏實際成就。「靜態悲劇」的戲劇，不要動作，這句話本身是一個矛盾。正如既是韻文就不能沒有韻，既是戲劇，就不能沒有動作。

於悲劇的境界，西方文學永遠是第一手。而於詩的境界，天可憐見，還是讓我們來吧。

第六問

真的有那麼「好」嗎？

恐怕沒那麼好，但卻是「獨家專賣」。

我一邊厚顏借攀附兩大文學傳統來給「東方情調」撐腰，一邊也覺得，不論東方的或西方的傳統對今日而言，談起來真是前朝遺韻，往事如煙。使我想起玄奘所著《大唐西域記》，每每走到何處何地，昔日曾是誰誰在這裡講經弘法，仙佛駐跡，善男信女供養的珠花金玉寶物，而今「去聖逾邈，寶變為石」，再過多少年，石跡也要風化烏有了。

去聖逾邈，寶變為石。可偶或從那遺燼逾邈裡閃出雲間寶光，遊魂為變，就教後代人炫目不已了。說穿來，侯孝賢電影在歐洲影藝圈內引起的騷動，大概可類比做如此。對於那些電影創作和評論者，他們發自內心訝嘆著，故事也可以這種講法的！

這麼簡單到居然可以是一部電影！

給我們拍的話，他媽還真搞不過這種怪東西！

但也太簡單了吧。

好像並沒有在說什麼，又好像什麼都說了。想不承認它，它又篤篤在那兒。是個不言的石頭，看半天，似乎倒有塊玉隱在裡面。拿它沒辦法，最後只好當成是少見的奇禽異獸，列入稀有動物保護罷。

以上，我說明了包括《悲情城市》在內的侯孝賢電影，將是以何物立足於國際影壇，獲得賣埠。以下就可以開始質詢《悲情城市》。

第七問

故事怎麼產生的？

是的，從周潤發和楊麗花產生，千真萬確這一切，都從他們開始。

民國七十四年底對侯孝賢來講是黑暗的時代，也是光明的時代。《童年往事》在那一屆金馬獎前後引起悍然兩極的爭論，新電影風風光光鬧了兩年突然色老藝衰，一片招打聲。同時《冬冬的假期》又蟬聯法國南特三洲影展最佳影片，各地邀展紛沓而來。侯孝賢擺盪於市場考慮和創作意圖之間，是或者不是，做哈姆雷特的選擇。此時製片張華坤替他發了一記怪招，找來兩個在現實跟邏輯上都不可能碰到一起的人讓他們碰見，楊麗花與周潤發。那年的最後一天十二月三十一日《民生報》影劇版頭條刊登：「周潤發配楊麗花，花這回遇見發，立刻有化學變化」。

根據卡司來為他們想劇本，侯孝賢陳坤厚搭檔時代做過頗多，秦漢林鳳嬌，林鳳嬌阿B，阿B鳳飛飛，阿B沈雁，阿B江玲。重操舊業，很快，故事出來了。楊麗花的台語跟豪氣，周潤發的廣東話跟帥，雄見雄，所以設計楊是酒家大姐頭，周從香港來身負密務，也許是查訪一批不明被吞的走私貨。兩人打衝突起，經過一些事情，發展出微妙的關係，彼此相知甚深之類的，云云。符合這種故事發生的背景，台灣似乎只有放在基隆港連帶其腹地金瓜石、九份、北投、台北，複雜且老早已發展。年代要往前，至少九份金礦仍盛的時候，模糊估計，也要光復左右。極可能在光復以後，因為日據期間輪不到台灣人幹這些營生。楊周是主線，支線設計一對年輕的戀人，阿坤與美靜，跟他們或平行或交織，參差映照。後來我們給了楊麗花一個名字，叫她阿雪。

這份由吳念真寫成的故事大綱，嘉禾大表興趣，希望若能改成香港版在澳門拍攝就更好。而侯孝賢先去拍了《戀戀風塵》。一面把故事擴充，為了建立阿雪紮實的身家背景，她的兄弟姐妹父母和祖先們必須逐一出生，地瓜藤般越拉扯越多，隱隱一門大戶呼之欲出，故也曾經號稱將拍成六小時劇集發錄影帶，同時剪成一部電影。但侯孝賢又去拍了《尼羅河女兒》。滄海桑田，阿雪業已易主，周潤發也不知成不成。至七十六年底決定拍成上下集，遂看書讀資料。阿雪一度變成俠骨柔情，一度仍恢復原狀，改來改去，倒是阿雪的家人終於一一誕生完畢，乍一看，赫赫斯族哉。

阿雪少女時代的家人及發生在他們身上的事情，便構成《悲情城市》的上集。現在，上集遠比下集吸引我們多多了。下集已成遙忽記憶，只剩最初的原型阿花與阿發，偶爾在那裡烙燒一下。

下集遂自動消失。上集扶正為本片，悲情城市。

第八問

事件怎麼編排的？

要從建立人物而來。

事件既不能開頭就去想它，也不能單獨去想，它永遠是跟著人走的。

當然也可以從一個現象或意念出發，而終究要面對是如何把它說出來，說得好，這個殘酷的事實。殘酷，是因為再偉大的理念，碰到創作這件非得具象造形的東西時，往往卻不知何處下手起，沒轍。當然也可以用諸如象徵手法，隱喻暗喻，反諷對照，平行排比，等等一大堆，但是拜託這些在作品完成之後讓人家去說吧。事件的選擇與安排，頂好莫搬出這些寶貝來。

直接進入人，面對物事本身。當人物皆一一建立起來撼他不動時，結果雖可能只是採用了他的吉光片羽，那都是結實的。顯現的部分讓我們看見，隱藏的部分讓我們想像。那麼環繞他現在未來衍生的任何狀況都是有機的，與別人有時重疊，有時交叉，有時老死不相往來。剩下的工作，便如何把他們織攏在一起而已。

我看出侯孝賢編劇時的一招，取片斷。事件來龍去脈像一條長河，不能件件從頭說起，則抽刀斷水，取一瓢飲。侯孝賢說，擇取事件，最差的一種就是只為了介紹或說明。即使有，侯孝賢總要隱形變貌。事件被擇取的片斷，主要是因為它本身存在的魅力，而非為了環扣或起承轉合。他取片斷時，像自始以來就在事件的核心之中，核心到已經完全被浸染透了，以至理直氣壯認為他根本無需向誰解釋。他的興趣常常就放在酣暢呈現這種浸染透了的片斷，忘其所以。

《悲情城市》的時代背景是三十四年光復到三十八年國民政府遷台之間。初時看書，忘路之遠近，上溯到清末台灣五大家族，葉榮鐘的《台灣民族運動史》寫史像寫他的切身之事。材料的豐富浩瀚把人誘入其中無法自拔，什麼都想裝進來，什麼都難裝進來。這個過程，我魯鈍才學到，編劇其實也是一種如何兼備理智和豪爽去割愛裁剪的過程。侯孝賢敏捷得多，他很快走進狀態，丟開所有資料，素手空拳直接面對創製。

一切的開始從具象來，一切的盡頭亦還原給具象。

第九問

劇本等不等於電影？

大不等於。

根本是，編劇的思路與導演的思路已經不同。從一件事足以看出來，吳念真的劇本可讀性極高，一般讀者當成文學作品閱覽都很有樂趣。楊德昌的劇本則像施工藍圖，除了工作人員必須看，電影系學生研究看，及電影發燒友為特殊興味看，旁人來讀總之要花點苦功的。

編劇的思路是場次相聯結的思路，導演的思路是鏡頭跳躍的思路。

編劇拿場次為單位來表現時，藉對白以馳騁。導演不是，他的單位是鏡頭。不論他或者用單一鏡頭裡的處理，或者用一組鏡頭的剪接，會令他感到過癮的只有一個，畫面魅力與光影。

什麼樣的思路必然決定了什麼樣的結構。一路以場次對白，一路以鏡頭光影，其實是判別了兩種不同的形式風格。侯孝賢曾說過，念真應該去當導演了。因為念真強悍的編劇思路已足成一家之言，若去當導演，他的會是另一種有趣的類型吧。還有一位編劇也應該去當導演，丁亞民是也，他的又會是另一種類型。

所以拿《悲情城市》的劇本去看《悲情城市》的電影，是災難呢？是驚奇呢？它們是一對同父異母的兄弟然又何其之不像。非但不像，簡直兩樣。

第十問

做不到的時候怎麼辦？

這就是理由啦，劇本，不可能也不會，等於電影。

今年坎城影展有人問溫德斯他自己的電影最滿意是哪一部，他說在腦子裡。而且我想，將是永遠在腦子裡。

劇本構思完成時，絕對是電影全部的工作期間最快樂的一刻。那時你覺得啊，這片子鐵定把全世界打掛！你躊躇滿志，意興風發到神經兮兮的地步，如此持續好幾天。再來，你必須開始執行這部曠世巨作了。於是你必然遇到千古以來至今仍未解決的問題，理想如何落地於現實中。然後你開始生氣、挫折、沮喪，在芝麻俗務裡消磨殆盡。沒有誇張，電影拍攝的過程，最後就是一場不斷打折扣的過程。

這樣說來，只有宿命論的份了？那倒又不是。

譬如演員，因為台灣缺乏像好萊塢那樣普遍整齊的專業演員，大量用非職業演員演出時，首先你很難把鏡頭切得太近，他們沒有任何表演訓練足以支撐個人暴露在特寫底下，你只好多以中景遠景。既無法依賴演員達到戲裡的要求，你只好在場景裡營造出一種氣氛讓他活動，因此你會特別注意選擇場景，借重環境的殊異味道烘托出人。非職業演員素澀無華的節奏，亦逼迫你非得更接近於真實世界中的面貌配合其節奏。你非得將攝影、造型、畫面光影、所有細節，乃至說故事的方式，皆統一於這個節奏裡。當這些全部合起來做為成品時，就是你的形式亦即內容了——那種在長鏡頭的單一畫面裡用場面調度來說故事的寫實拍法。

始初這樣拍攝，實在是不得不如此，有其迫切性，故有其力氣。此從行動當中出來的美學，倒是避除開學院或理論可能負載的造作傾向，而趨吉於自然。最終，它卻變成了別人所難以取代的特質。

不同環境產生不同成品。第三世界美學意識，在開頭，往往是為了克服器材和技術上的困難，想盡辦法而發明出來的一種表現方式。它當然不是歐美先進電影工業國家需要去用那種方式拍攝的。創作態度這樣被動缺少自覺？但我認為這是重要的事實。成品在先，自覺倒在之後。凡以為懷抱第三世界美學意識即可拍出第三世界電影的人，果然也都是不知拍電影為何物的人。

自覺並非在拍片當下要如何做、做什麼，對不起，那是一點用處沒有。自覺是在瞭解你的作品何以是目前這個樣子，變成你這個樣子的原因與結果是什麼，明白這一層，你先已解脫了宿命論。你可以把不利的環境轉為自己所用，創製出屬於這個環境才會有的形式風格。

然後你會明白，作品一旦累積到成為一種風格，是風格同時也是限制了。再來的難度，才真正難。你不僅要足夠聰明到看出這個限制，也要足夠勇氣到去打破這個風格。勇氣，因為若你一時半會兒還搞不出什麼新玩意的話，極可能便趕快回去那個熟悉又保險的風格裡。也許躲一陣子，或一輩子——只要不會受良心譴責——唯視個人造化而定。

做不到的時候怎麼辦？譬如《悲情城市》。四〇年代台灣的生活，拍中間常常是道具也缺，陳設也無，結果只好用光影的比例設法把那些禿敗處遮掉，明暗層次、障眼法造出一種油畫的感覺。如此畢竟能變生新物出來嗎？看看吧。

十一問

演員與非演員怎麼調和？

仍然是，做不到的時候怎麼辦，這個問題。

《悲情城市》在劇本討論期間已十分肯定，這回，非用專業演員不可了。理由是需要搭景，外景又難找，不能拍環境，只好走戲。不能依賴服裝道具的考究堆積出場面，只好靠飽足的戲感支撐，讓人忘掉其餘之不足。侯孝賢且思考過以舞台化的形式，一切背景布置用光影取代，採誇張的舞台打光，盯住演員，抓牢對手戲。為統合其非寫實的色調，勢必一變寫實拍法，以荒謬的戲劇性來馭控。

期間侯孝賢正好看到法斯賓達一部十小時的影集《亞歷山大廣場》，雖只看了開頭兩捲，已夠印證自己的想法。法斯賓達是舞台編導出身，有一批精彩絕倫的演員班底，他熟知這批演員的潛力和性向。因為現前有這些人，他會因著要如何運用這些人而生發出一種構想。他能想像他們會給出什麼東西，便依著這個東西去琢磨把它揑塑成形，由此創造出一種獨特的表現方式。《亞歷山大廣場》講二次世界大戰時一個邊緣小人物的各種遭遇，即不大管場景的時代感，而以戲取勝，戲又依於演員去揑，好幾場微妙的荒謬場面，全是靠有那樣的人才有那樣的處理法。

侯孝賢想歸想，到底沒有那樣一批班底，做到那樣徹底。只有男主角想找梁朝偉。大哥原來找柯俊雄，後來是陳松勇。可是梁朝偉不會說台語，國語又破，令編劇中膠著久久不得出路。忽然有一天侯孝賢說，他媽的讓阿四啞吧算了。

開玩笑！

然而正是這句玩笑話，一語驚醒夢中人，打開僵局勢如破竹直下。

它及時平衡住陳松勇那一脈過重傾斜的線索。因為那邊是激烈的生意鬥爭，這邊梁朝偉既不能硬碰硬也拿事件之激動來與之抗平，該拿什麼呢？找到了。不但是聾啞此事本身所可能輻染出來的許多新狀況，而且將特別倚重梁朝偉以眼神、肢體語言，甚至以凝悍的無聲世界之表達法，好比直接用默片的字幕插片。現在，豁然出現一片未墾植過的空白地，你興奮透了準備大種特種各種奇怪東西，其實最後你不過還是只能種一些綠色植物罷了，但這個發現的當初真是快樂的。

說出來荒唐，創作態度這樣輕率？對不起，卻是事實呢。

當然也並非憑空而來。侯孝賢有一個老本家侯聰慧，認識一位前輩陳庭詩先生，有時談起陳先生的為人，也在明星咖啡屋前匆匆照過面，印象深刻。陳先生八歲時從樹上摔下來，跌壞中耳，自此不能聽不能說，與人都用筆談。透過侯聰慧連絡到陳先生約見。陳先生不是別人，正是當年「五月畫會」重要的一位畫家，至今我們家還保存有他的一本版畫集，民國五十六年國立藝術館出版，全部英文介紹，印刷設計在今天看也絕對是上品。沒想到陳先生還記得我小時候，說以前見到我們姐妹這麼小，現在都長大了。筆談一整晚，好多材料後來都放進了劇本裡。

開鏡五天，梁朝偉心晃晃的，反映給侯孝賢，遂趁一天休息，連女主角辛樹芬和演哥哥的吳義芳，一夥開小巴士去台中拜訪陳先生。

陳先生一人住，鑰匙寄在對面的鄰居家，電話也由鄰居轉。帶我們參觀樓上樓下，全是他收集的奇石，稱自己是石痴。我們就在那成山成谷的墨畫雕塑和石頭裡騰出一塊桌面筆談，陳先生還燒了水泡茶，又啟開可樂和芭樂汁給男生喝。他總是體恤的為免溝通繁亂而把決定先做了，再知會對方，不由推辭，他便帶大家去街上一家湖南館吃晚飯。他給那家店寫過一幅字，現去討還人情，自然是要哄我們安心的說辭。一邊吃他即筆談知會，囑我們吃完可上車走，不必繞路送他，他自己坐車幾分鐘就到家。是這樣怕增加人家麻煩的人，他也不學手語，因早年曾見公車上聾啞人比手劃腳交談聒噪的樣子，故決意不學，寧可筆談。梁朝偉聽了動容，說陳先生好sensitive。

侯孝賢與攝影陳懷恩皆讚歎梁朝偉的集中專注，但看過頭幾日拍的毛片，侯孝賢說，梁朝偉太精準了。他的精準，細微之層次，侯孝賢說，太精緻乾淨了，顯得他鶴立雞群，跟其他人產生差距，需要調整。所以當晚從陳先生處趕回台北，便請梁朝偉看一些毛片，主要是日前所拍詹宏志、吳念真、張大春隨吳義芳從市場走進照相館的一段。這批文藝界的非演員，銀幕上看時感覺很真實，很素。侯孝賢希望梁朝偉能夠放粗糙些，直接些，溶入那些人的質感中。

梁朝偉，我最記得他的，是小巴士車上他跟陳懷恩嘰喳一堆，談音樂。陳懷恩取出一卷卡帶推薦他聽，曲叫The Sky Is Crying。梁朝偉一聽好激動，說他就是想學吹這種小口琴，沒學會，很country，有沒有，像媽媽在廚房煎餅，燈亮了，黃昏草長長，坐在那裡吹口琴的味道……

陳松勇，工作人員給他取了一個外號「悲情猩猩」。與他演對手戲的如太保、文帥、雷鳴等，都是老牌演員，這回可拚上了，演技大競賽，一個比一個酷，帥得。

高捷演老三，十足經得起大特寫的非演員，頂搶鏡頭。吳義芳，林懷民的得意門生，以一種舞蹈的節拍來演出。辛樹芬不像演戲的在演戲。李天祿是最過癮的人物了。許多許多，演員非演員，鐘鼎山林，各顯神通。有一陣子，侯孝賢簡直不知如何把他們調音到一個協和的基調上。乃至用騙的，試戲時偷拍下，正式來倒不拍了。

侯孝賢工作時的壞脾氣，唯對演員挺耐心，極其迂迴之本事。後來他考慮著，未見得必須把每位演員扭適到自己要的基調上，不如讓他們各自去，不協和就不協和，然後用不協和的剪接法來統一，剪成一股認真而又荒謬的氣味，說不定反而比原先預設的東西好。

總之是，現場能給什麼拍什麼。此刻正在剪接的侯孝賢，他說，總之是拍到了什麼剪什麼。

十二問

到底編導站在哪一邊？

你說呢。

對於電影裡採用二二八事件為材料的部分，引起媒體多次報導，乃至前進影評人特殊的期望和失望，直是件不幸的事。不幸，因為那實在膨脹了編導所能做的，和所能給的。編導站在哪一邊？左邊？右邊？中間？中間偏右？中間偏左？對不起，從頭到尾似乎沒有在編導的意識裡產生過焦點。

在黑暗與光明之間的一大片灰色地帶，那裡，各種價值判斷曖昧進行著。很多時候，辯證是非顯得那麼不是重點，最終卻變成是每個人存活著的態度，態度而已。做為編導，苟能對其態度同聲連氣一一體貼到並將之造形出來，天可憐見，就是這麼多了。

一件造形成為只屬於你的成品時，是無需著一言你已在那裡。而你的在那裡，就是你的一切態度和主張，逃不掉的都在那裡了。不幸見光死的話，只有認命。

拍民國三十四年到三十八年的台灣，是的，叫人晃盪盪。拍得出來嗎？像不像那時代呢？那時候的那些人是這樣的嗎？

經過這一段編劇拍攝的漫長過程，了解到，反映不反映時代，結果只是反映作者的眼裡所認為看到的那個時代。它永遠受限於作者本身的態度和主張。一個完全客觀和完整面貌的時代，不管在歷史或文學呈現上，其實永遠不存在。然則不正是如此。一個時代不正是主觀而有限制的存在於作品之中，所以無限長久的傳下去被人記得。侯孝賢了解到，不管你怎麼力求重現那個時代，也只能做到某種程度的接近，但課題似乎並不在這裡。而在你的眼界中你看到了什麼，你認為怎麼樣，你想說些什麼，就統統拿出來。創作的終極，結果只是把自己統統拿出來，看吧，都在這裡了。

張愛玲的名言，作者給他所能給的，讀者取他所能取的。

十三問

那麼《悲情城市》想說些什麼？

最早，想說哺哺哺的薩克斯風節奏。

一篇訪問裡侯孝賢說，最早是來自於我對台灣歌的喜愛。那時候我聽到李壽全新編洪榮宏唱的〈港都夜雨〉，那種哺哺哺的薩克斯風節奏，心中很有感觸，想把台灣歌那種江湖氣、豔情、浪漫、土流氓和日本味，又充滿血氣方剛的味道拍出。

聞言真讓人頻頻皺眉頭，何況那些期待他甚高的前進影評人。

後來，他說如果他能拍出天意，那就太過癮了。

天意？拜託他又像黃信介的大嘴巴在亂放砲。隨後他用了大家比較能接受的現代化語彙，自然法則。

我希望我能拍出自然法則底下人們的活動，侯孝賢這樣說。

一九八九・六・八

主要人物

柯　桑（文雄老友合夥人）

妾　父

妾　兄

阿祿師

姨　婆

- 林文雄
  - 妾 — 林光明
  - 大　嫂 — 阿雪與妹妹們
- 林文龍
  - 二　嫂 — 阿坤與弟妹們
- 林文良
  - 三　嫂 — 子女若干人
- 林文清
  - 吳寬美 — 阿樸

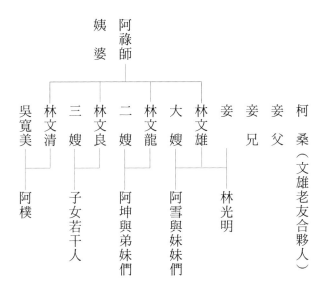

吳寬榮
小川靜子
小川先生
林宏隆老師
何永康記者
陳　桑（醫院院長）

田寮港幫
阿　城
金　泉
阿　菊
紅　猴

上海佬幫
阿　山
比　利
老　表

分場

朱天文

序場——

一九四五年八月十五日，日本天皇廣播宣布無條件投降。嗓音沙啞的廣播在台灣本島偷偷流傳開來。

大哥林文雄外面的女人為他生下一個兒子的時候，基隆市整個晚上停電，燭光中人影幢幢，女人壯烈產下一子，突然電來了，屋裡大放光明。嬰兒嘹亮的哭聲蓋過了沙啞和雜音的廣播。

當時四十歲才得到唯一男孩的大哥非常歡喜，自乾了一大杯酒祝賀。這裡是港邊一棟兩層樓商行，女人與她的父兄住在一起。衰老、手臂殘廢的父親。當時大哥的長女阿雪十三歲，也在場，目睹了這樣一個誕生所帶來的喜悅，感到好奇。

雨霧裡都是煤煙的港口，悲情城市。

1 場——

林阿祿家日據時代經營的藝旦間，現在重新開幕了，大哥監督工人把新的招牌「小上海酒家」高高掛起，磨砂玻璃製成的精美招牌，四周滾跑著一圈明滅的燈泡。大哥問起老四文清回來了沒有，沒有回來。

女人們忙碌著份內的事情。大嫂把煮好的熱水舀進木桶裡，阿雪提到洗澡間。阿祿師的姨太太（以下稱姨婆）在督管女郎們穿衣、上妝，阿雪來請姨婆去幫祖父擦背，「老猴仔！」姨婆罵道。三嫂也忙得緊，一屋子小孩興奮的喧鬧。

姨婆幫阿祿師洗澡時，阿祿想著大兒子在外面生的那個男孩，既然是在電來燈亮一刻出生的，那麼就取名叫光明，林光明吧。

2 場——

酒家開幕的這一天，十月二十五日台灣各戶夜間祭祖，向祖先報告光復喜訊。鞭炮聲把全市都炸響了，「小上海酒家」招牌像一輪月亮懸在夜色中。這一天，酒家的全部鶯鶯燕燕大集合拍照，鬧著要阿祿師也加入她們，三嫂和阿雪帶著弟妹們在旁一起留下了可紀念的一景。

阿祿師的老友們只要活著的全都來了，在最好的一間房內喝酒。阿祿師看到他最鍾愛的孫子阿坤在玄關擲銅板玩，那是平常他教的，把銅板丟到空中落在額眉間，眼不能眨，練定睛功夫。阿祿師興沖沖下了榻榻米示範一番，表演給他的好友一群怪老子們看。

另一間屋內，大哥在進行交易，一名日本人，一名警佐，一名登記所的人。這是大哥與即將遣返的日本人簽貸借書，將日人的房產過戶為私產，把日期提前，設定質權。警佐當公證人，頭上包紮紗布受了傷。

阿雪寫信給小叔的O.S.將起，簡單的日文信，說到爸爸在外面生了一個男孩，祖父取名叫林光明，媽媽很難過。酒家開張叫小上海，那天山本警佐也來了，跟爸爸一直在談話，有一些人去打山本，頭打破了，爸爸叫那些人不要打，保護山本的太太和小孩。爸爸現在手臂上戴著一個布條寫著「省修會」維持秩序呢。祖父酒喝很多，半夜又跟祖母的鬼魂相罵打架……

O.S.的畫面會有，大嫂忙過一陣子後坐灶前小凳上喝茶，發著怔，傭人仍在忙灶上。二嫂帶阿坤和兩個小女兒向大嫂告辭離去。半夜阿祿師從睡夢中突然奮起，與幽靈大戰。

3 場——

清晨阿雪在寫信給文清小叔。母親叫她，把一條長命百歲金鎖片和一籃衣物交給她，囑咐帶給小姨，父親外面的那個女人。

父親已穿戴整齊等在玄關，阿雪趕緊跟來。未完成的日文信仍留在桌上。

4場——

父親帶阿雪坐在人力車上穿過水霧中的高砂橋。來到港邊父親的商行，居家在樓上。

父親與老友柯桑，和小姨的哥哥，還有那天來酒家的日本人也在，商談一筆生意。日本人有三艘小型輪船，是裝運從南洋搜刮來的橡膠原料跟製飛機的鋁塊，本來想偷運日本去，橡膠每件時價五兩黃金，鋁塊四兩黃金，現在將被國府接收人員扣留，如有辦法轉交給他們，三艘輪船駛往香港，連同物資全部出售，可大賺一筆。

小姨收下阿雪帶來的金鎖片和一包嬰兒衣物，非常不敢當。阿雪抱著新生的弟弟到陽台上，眺望海港一片帆船。

阿雪未完成的信此時O.S.再起，說到母親送東西給小姨，小姨的感激，弟弟很可愛。阿坤在學校是小霸王，二嬸每天都為阿坤而生氣。學校老師教大家唱國歌呢，叫〈卿雲歌〉，歌詞是「卿雲爛兮，糾縵縵兮，日月光華，旦復旦兮」……

5場——

金瓜石小照相館裡，文清正幫人拍完全家福。店裡一名十五、六歲的小弟管登記收款。文清警覺牆上的時鐘，匆忙拿了外套離開店，出門遇郵差送來阿雪的信，裝進口袋走了。

6場——

台金礦場濱海的小火車站，一列火車剛到，蒸氣煤煙裡吳寬美下了火車，車長幫忙把行李傳下來。精神奕奕的寬美。

文清急急趕到，接過行李，遞去一張紙條上寫日文，「兄有事，託我來接，我叫林文清」。寬美表示知道他，聽哥哥談過他。

7場——

金瓜石國民小學的課堂上，吳寬榮老師教學生們練習國歌，〈卿雲歌〉的歌詞寫在黑板上，用平假名在旁注音。可以看得見窗外學校的圍牆上工人正在漆寫大標語：「擁護領袖，建設三民主義模範省」。

文清提著行李，領寬美經過教室。寬榮向妹妹招呼了一下，寬美紅了臉，學生們當作是吳老師的女朋友，起鬨笑鬧「愛人啊……」。

8場——

台金醫院，寬榮帶妹妹來見院長。醫院陳院長是他們父親的同窗，是寬榮尊敬的先輩。

9場——

在文清的照相館住處，有一健碩的婦人來幫忙做飯，歡迎寬美來到金瓜石，寬榮和一位日籍女老師小川靜子都在。

小川老師是出生於台灣的「二世日本人」，日本色彩較淡，反而跟台灣籍的老師們來往得多。少女的天真爛漫面對國家戰敗命運未卜的將來，沉靜了，對比出寬美的無憂無愁。牆上貼滿了台兵徵召前拍下的留念照片，寬美好奇問起。

寬榮告訴她，小時候文清家裡送他去學刻印為了有一技之長，感到無趣不再學，一天去照相館看到很多照片，有平安戲裡花旦美麗的人像，就去學攝影。年紀小，師傅不讓碰器材，每天只是掃地擦桌子。

文清雖然聽不見，知道他們在講他，顧自靦腆。寬榮問文清有沒有二哥和三哥的消息，聽誰誰從廈門回來說，現在廈門台胞有八千人，財產都被沒收，被拘禁的有兩百人，託歸人傳言，請求火速把他們接運回台……

文清筆談，轉化為文清的O.S.，說到二嫂每天都在等南洋回來的船，二哥被徵去菲律賓當軍醫後，診所就一直空著。三哥被徵去上海當軍部通譯，徵時逃掉了，使得當時做保正的大哥與山本警佐關係很僵，後來三哥是在九份一家「貸坐敷」被抓到的……

10場——

冷雨的基隆碼頭，擁塞的人群，鴉鴉的油紙傘，在等候第一批菲律賓返國台胞的船到岸（三十五年一月九日）。火車駛過，煤煙在水氣中滯留不散。

文清帶阿坤佇立在貨車車箱頂上，阿雪跟三嬸擠在臨時搭架的木台上。台兵湧出，有人高舉著像旗幟的白布條。這一切，對文清而言是無聲的，悚然排山倒海而來。

11場——

林內兒科診所，阿坤的兩個小妹妹在玩丟沙包，母親已為她們洗好了澡穿扮整潔，等她們的父親回來。

廚房浴室內，蒸氣渾濛，二嫂躺在浴盆裡沐洗，微醺的，熱氣蒸紅了臉。屋外隱隱有鞭炮聲炸響。浴畢之後的二嫂在妝檯前薄妝，見鏡中之人，有些怔然。桌上壓在玻璃墊底下一張全家福照片，那是二哥徵召前文清來拍的，剎時她恍若看見那天，一家五口人盛裝拍下了這張相片。

12場——

小上海酒家一時人聲沸騰。屋裡一名黑黃瘦削的台兵剛剛回來，向他們報告二哥的音訊，日軍投降時二哥仍活著，後來不知去向，同在一團裡，二哥還救過他性命，他很感激。

阿祿師囑大嫂給台兵一個紅包表示謝意。二嫂在房間內飲泣不止，外面布袋戲熱鬧的鑼鼓點子傳進房內。

13場——

台金醫院，許多傷病回來的台兵住進醫院，有的在檢查身體。寬美一刻不停忙碌著。

文清來醫院探望台兵朋友，相見充滿悲喜之情。一談起戰爭時受的傷，每人都來勁了，撩起衣褲比誰的彈孔疤痕大，但都比不上因機關槍掃射受重傷左小腿被切斷的阿灶仔，砍了一塊木頭自己做義肢……

窗外遠處山坡有人驚叫，在跑。是小川老師年邁的父親搖晃站在坡崖上欲跳，小川哭叫著父親。寬榮趕上抱住小川老先生。

14場——

小川靜子家中，父親已沉睡，陳院長親自來探治，囑咐多休息，離去。安靜的屋裡剩下寬榮還在，剛才奔嚇過度，全身禁不住的輕微顫抖。

小川幽幽說起，日前收音機廣播日僑遣送處成立（三十五年三月二日），將分批遣送回國。「父親是想回去的，哥哥他們都不在了，只有我是唯一的親人……但回去也是異國之人了啊。出生在這裡，母親也死在這裡，自己的國家倒是陌生，遙遠的呢。一生裡最好的時光是在這裡度過，不會忘記的啊……」抑制住哽咽的言語，令寬榮十分激動。此時如果他勇敢表白什麼的話，也未始不可把小川留住的，然而他卻一句安慰的話都說不出口。

牆上掛著小川一家人的照片，身穿英挺軍服的兩個哥哥，臉上仍充滿了稚氣。

15場——

鳴起火車尖銳的汽笛，一列南下火車馳過原野。

車上文清捧著日譯本狄更斯的《雙城記》在看，三嫂坐他旁邊睏著了。

他們南下接三哥，收到信，三哥從大陸被遣送回來，在高雄下船，因病重在醫院，信是託護士寫的。

16場——

高雄某學校內臨時搭建的一處醫療所，病患一床挨著一床，滿滿都是。南部三月已暖和如夏。

文清陪三嫂找到了三哥，睡得沉，焦黃的臉冒著豆大汗珠，手腳被綑綁在床上。

文清領三嫂過去，請教一位正在替傷兵寫信的護士。這邊三哥突然驚醒，掙扎嘶叫，三嫂嚇壞了，護士毫不奇怪，任由他嘶吼掙扎……

17場——

三哥的夢魘。牢獄中，同胞被私刑敲碎腳踝。刑囚犯人的慘叫。日軍投降三哥的逃亡，在火車上被圍堵死命拚鬥，大叫著「我是台灣人——」被槍托擊昏。畫面黑掉，火車汽笛的長鳴像要把人撕裂。

18場——

陰雨的上午，一頂轎子抬著三哥送上了金瓜石，陪行的還有大哥和三嫂。

19場——

台金醫院，大哥與陳院長商談著，目前只有先讓三哥穩定下來，觀察一段時間，是受了驚嚇，加上風寒，後又轉成瘧疾。

三哥的嚎聲從病房爆出，寬美奔進來，說三哥掙斷了半邊繩子，勒住三嫂發狂了。

壯碩的大哥也幾乎制不了三哥，醫生急忙注射鎮定劑，安靜下來。三嫂因驚嚇過度跑到外面走廊水溝，蹲著嘔。

20場——

金瓜石小學，課堂上寬榮在教注音符號，唸國語，可也是現販現賣來的國語，很不標準。

教室外面忽然出現了校長和另外三個人，是林宏隆老師回來了，叫寬榮「榮仔！」寬榮衝出去，喜極相擁，發現彼此都學會了講國語。校長說林老師回來接教務主任，同行的二人是林老師的外省朋友，一名報社記者叫何永康。

21 場——

久別重逢，在九份一處酒家，寬榮一夥替林老師洗塵。問及林老師的妻子，那時在重慶，懷了孕，空襲時慌著防空壕避難，從樓上滾落下來，流產出血過多而死。

惘惘的沉默中，林老師開口低低唱起一條歌來，「我的家在東北松花江上，那裡有森林煤礦，還有那滿山遍野的大豆高粱……」是流亡三部曲之一的〈松花江上〉。何永康等人，連寬榮也會唱，跟著和上去，越來越高亢的歌聲，彷彿響徹了整個九份山城。

22 場——

台金醫院中隱隱也聽到了這樣的歌聲似的。

三嫂餵食著沉靜幾乎顯得呆滯的三哥。然而在遙遠的歌聲裡，三哥的意識似乎逐漸醒覺了過來，輕微顫抖著。恍惚中，歌聲突地高揚拔起，「九一八、九一八，從那個悲慘的時候……」像有別人接唱，又像記憶中的歌聲。三哥的淚水落地無聲慢慢流下，終至完全清醒。

三嫂注視他切切叫喚著：「阿良，阿良……」三哥溫柔的擁住了妻子。

23場——

難得的出太陽的好天氣，金瓜石日僑住處的街上，一些日人在賣家當、衣物、碗盤、有鐘擺的老鐘、傢俱、收音機等等。小川靜子也在其中，整衣斂容，垂著眼睛站在那裡，跟前擺著一台縫紉機。

文清跟礦場工人經過看見小川，心猶不忍，向小川鞠躬招呼，小川虔敬的回禮。有音樂流瀉而出，是另一邊在賣留聲機，工人們好奇圍觀，旁一人問起價錢。

24 場——

午後的國民小學，朗朗童音在讀國語。小川抱著一個長盒子來找寬榮，辦公室裡只有校長在，說吳老師隨林宏隆老師去台北了，參加什麼記者工會成立。小川黯然離開，她知道寬榮是在躲著她。

遠山傳來低沉的雷鳴。

25 場——

悶雷響過，颳起了風，醫院裡寬美去把窗戶關上。

三哥睡得安詳而沉，三嫂守在床邊打盹。

小川來訪，把盒子託寬美交給寬榮，原來是父兄習劍道所用的上好竹劍，兩個哥哥已戰死，父親年老了，無法帶走的。送給寬美的是一件和服，寬美推回去說不可，小川堅持一定要收，說著不禁哭了，慌忙收起眼淚告辭。卻不知何時下起了急雨，寬美找到自己的雨傘借給小川，望著撐一把黑布傘的小川越走越遠……遠處漸漸起來留聲機播放的日本民謠。

26 場——

春雨下過的金瓜石，浸在淫淫水氣中，一片蒼鬱。

夜晚醫院宿舍，寬美湊在昏黃的燈泡下寫著日記。O.S.說到哥哥其實是喜歡小川的，為什麼不對她表白呢？是因為莫名的民族意識，很困難吧。院長說文清的情形可能是內耳壞了，耳膜還是好的，因為他游泳在水中時吹泡聲聽得很清楚。他最害怕三輪車的剎車聲，拖捧子的聲音，還有密閉的房間裡忽然把門關上，會受不了聲波的振動。

27 場——

悠揚播放的日本民謠，原來是文清把一架日本人的留聲機給買回來了，在住處放將起來，自己又聽不見，讓屋裡擠著的一堆大人小孩聽。他在忙洗照片。

三嫂忽然來找他，因不識字無法筆談，比手劃腳半天，才弄明白是跟他借錢。

28場——

九份的一處土寮，隱密在小戶酒家後面，三哥顯然是這裡的熟客。三嫂拿錢進寮來，見三哥與一人在聊天甚洽，那人以為三嫂是粉頭，調笑，弄清楚原來是三嫂，一再道歉退出。這人是三哥以前的舊友，叫紅猴。

拉上布幔，三哥倚臥榻榻米吞雲吐霧起來，把鴉片遞給三嫂也抽，三嫂不要。將三嫂推倒在床上……

29場——

前邊的小酒家裡，紅猴與姘頭阿菊一起，悶悶喝酒。見三哥從後邊寮內出來，邀三哥小酌，三嫂老大不高興的，催促趕快回醫院，溜出來太久了。三哥乾脆坐了下來喝酒，三嫂勸無效氣走了。

酒酣耳熱時，紅猴談起金瓜石的坑洞，戰爭期間日本人在此印製鈔票的事。見阿菊不在，拿出一張鈔票給三哥過目，指說少了兩個印章，因為章子是在別處印的，投降後，有人趁亂盜了兩麻袋出來，問三哥有沒有門路銷贓。

30 場——

天已微亮，紅猴與三哥醉醺醺來到紅猴的住處，從地板底下起出兩麻袋鈔票。

紅猴有一個老母親，老得神智恍惚，不礙事。

31 場——

翌晨，大哥女人的哥哥（以下稱妾兄）來到醫院探望三哥，三哥根本徹夜未歸。

寬美去通知院長發生狀況，另一個房間內，陳院長和一群護士利用空檔在學國語。

三嫂一肚子悶氣，收拾好衣物回基隆家去算了。妾兄搞清楚狀況，也只有等著。結果是文清把三哥找回來了。

幾年不見，妾兄與三哥很熱絡開心，送上一只金懷錶。三哥一夜未睡有些蒼白，精神倒是好，洗臉、刷牙，笑嘻嘻的。

妾兄說起奉大哥之囑有消息轉告。原來大哥在北投賭場遇見一對上海佬兄弟，自稱與三哥在上海是好友，專程來找三哥，不料先在北投遇見大哥，當下攀談起來。談及生意，上海佬與官方有關係，可獲米糖等禁運品的來路，且上海地頭又熟，希望能跟大哥他們合作。

32場——

上海佬來矣，身邊多了一位五十歲左右木訥的老表，似是保鑣。

小上海酒家內間，大哥與上海佬阿山比利兩兄弟談生意合作，三哥和妾兄居間翻譯。尚稱順利，唯大哥感到上海佬言猶未盡，上海佬也敏感到大哥做事的格局老派了些。因此最後上海佬開玩笑的提到白粉以試探大哥時，大哥不給任何反應。

33場——

清晨，港邊的商行。碼頭上工人們在搬貨，上海佬、大哥、三哥都在。

柯桑走過來，是大哥的合夥人多年老友，大哥介紹認識，與上海佬握手。

34場——

田寮港妓區和賭場，是阿城的地頭。門前小攤聚集了一些失業的遊民。

三哥與妾兄走進妓區，穿過賭場時，妾兄遇友人，探聽洛咕仔來了沒有。

三哥進入館內，乍遇金泉有些意外，兩人從小就是死對頭。金泉剛從火燒島放出來，冷冷點過頭，三哥轉去小房間。

阿城聽說三哥來了，出面熱絡寒暄，談到阿城的二弟死在呂宋島。妾兄帶一位中年人洛咕仔進來，阿城告退。

三哥將紅猴給的鈔票給洛咕仔看。洛咕仔端詳了說做印章不是很難，難的是時間要快，聽說台幣要改用法幣或是什麼國幣台灣流通券了，不過假使銀行有內線也可以交換。

粉頭拿煙具進來，服侍著，三哥噴起雲霧在考慮。

35場——

清早天光剛剛濛亮，九份山區人家寧靜之美。紅猴與阿菊的纏綿中，金泉帶幾人悄悄進來，紅猴渾沌還不知怎麼回事，頭已被套上麻袋一陣毒打。

阿菊被一男子拉到後面，問錢藏哪裡，阿菊搖頭不知，埋怨帶一群人來，害她光身子亮在眾人眼前。

金泉等人悶聲在進行活動，隔鄰還是驚起了狗吠，紅猴老母迷糊醒來，也被套上麻袋，用木棒欲擊昏，擊中肩，老母哇哇大叫，金泉上前用手擊倒。

紅猴被按在地上，嘴被揑住，金泉告之出聲則殺。問錢藏何處，紅猴搖頭不知，金泉示意拖到廚房水缸，將紅猴頭插入水缸裡，許久，提出，紅猴淒厲大叫——畫面曝白。

36場——

兩日後黃昏薄暮，三哥與妾兄來找紅猴，發現紅猴失蹤，家中只有老母，頭纏紗布滲著血漬。屋內被翻得亂七八糟，地板斷裂掀起。老母一問三不知，最後才弄明白，紅猴死在醫院。

37 場——

街上廣場，有緝私隊員在取締私煙，圍了一群人觀嚷。三哥與妾兄在街上買了一些糕餅水果。

38 場——

台金醫院，寬美抓住空檔在一處騰出來的小檯面上補日記。O.S.寫道，四月二日，米價又漲，一市斤十七台元，廚房做麵條給大家吃，說是上海來的麵粉，可是大家都不習慣吃，剩下一大鍋，我卻吃很多。四月三日，哥哥學校上個月的薪金到現在還沒有發，哥哥卻毫不在意，跟林老師又去台北幫朋友競選參議員，聽說到前兩天就已經有九百多名候選人登記了……

日記寫一半，三哥和妾兄提著糕果來找她，謝她在住院期間多方照顧。並且問起紅猴，仍停屍在太平間，家裡沒有錢處理後事。寬美說是鄰居送來已奄奄一息，警察來調查過，好像跟一名叫阿菊的酒家女有關。

三哥臨走前把身上的錢全數掏出，交寬美轉給紅猴老母可辦後事，也要妾兄把錢拿出。妾兄的錢整齊疊成一綑，捲開來，一張張數撥，被三哥一把拿來，留下兩張，餘都給了。

寬美的O.S.續起，延長到仍擱在小檯桌上的日記，四月五日，文清的三哥來探望一位死去的朋友。何先生記者他們來，稱讚我的國語進步了，想到文清恐怕這一輩子是沒有辦法學國語了呢。林老師拿魯迅的書叫大家讀，哥哥叫我看高爾基的《母親》。

39場——

夜晚金瓜石，在寬榮的學校宿舍裡，何永康、林老師、寬美、教員幾人都在，大放厥辭，批評時政。

又講到白天緝私隊抓私煙的事，很多是假藉取締私煙，其實把不是私煙的專賣局出品也抄去以自肥。查緝員有本事去港口抓大的，抓這些小蝦米有什麼用。

話談到這裡，大家都落入低潮沉默了。窗外閃起雷光，又下雨了。

文清見狀，便起身去搖起留聲機，他已把自己買的留聲機放在寬榮這裡。放上唱片，眾皆靜聽，是他們熟悉的〈羅蕾萊〉。寬美移坐過來，筆談告訴他，這是德國一個古老的傳說，關於萊茵河畔的女妖，羅蕾萊，她總坐在山岩上梳著閃爍的金髮唱歌，船夫們只顧聽那迷人的歌聲而撞到岩礁上去，舟覆人亡，河水吞噬了他們，歌聲仍然在第二天又響起……

文清卻像傳說裡的那些水手們，癡呆看著寬美生動美麗的敘述，羅蕾萊的歌聲變成他年幼記憶裡的歌聲，平安戲裡繁華的弦樂鼓音，和鑽石般流離閃爍的花旦。

39 場A——

他想起唸私塾的時光，老師不在，他頭戴柚子皮學唱戲的樣子。老師突然來了，被打板子，罵他生得太俊美，將來是個戲子。

文清筆談的O.S.將起，「十歲以前是有聲音的，我還記得羊叫。記憶裡最後的聲音，從龍眼樹上摔下來，樹枝喀——嚓，斷裂的聲音。當時跌傷頭痛，大病一場，病癒不能走路，一段時間自己不知已聾，是父親寫字告訴我，當年小孩子也不知此事可悲，一樣好玩……」

寬美看著文清筆談的紙條，眼睛紅起來，文清忽然發現，停了筆。

40場——

小上海酒家的招牌燈明滅閃亮，才入夜已是人聲沸騰。

三哥浸在褐黃藥汁的浴桶中療治鴉片癮，三嫂一旁照料。妾兄在廚房獨自吃點飯菜，吃相很貪，傭婦（美靜的母親）幫他熱湯。旁邊的小女孩美靜，專注的看著院中朝天丟銅板練功夫的阿坤，阿坤知美靜在看，賣力得離譜。

阿雪寫信給小叔的O.S.起，說到三叔被祖父強迫戒鴉片，最近家中請了女傭幫忙母親，有一個女兒叫美靜。阿坤考不上初中，不肯唸書，祖父要他學生意，二嬸氣死了，說等小叔回來商量。媽媽勸二嬸回來住，二嬸不願意……

O.S.插入畫面，診所內二嫂罰阿坤跪，氣哭了，大嫂好言相勸。

妾兄瞧著阿坤與美靜，戲言他們是一對，像觀音菩薩前的金童玉女。阿坤聞言約莫是講中他，突然發狂似的衝上來抱住妾兄猛烈踢打，阿雪跑出來攔阻無用，還是讓祖父喝斥住了。祖父罵妾兄，謂阿坤已長大成人，不能隨便戲言。

41場——

田寮港夜晚，三哥與妾兄進到賭場，過道中與阿菊擦身而過，三哥覺得眼熟回頭望一眼。在賭場發現上海佬比利也在，而且與金泉一起。比利過來與妾兄用上海話報告貨到的時間。

41場A——

比利在田寮港外鵠候，上海佬阿山與兩名官員模樣的陌生人同車而來。比利上前跟阿山耳語，領他們往巷道邊門進去。

密室裡，與阿城等人見面，像是早約好的，阿山介紹兩位朋友給阿城，阿城這邊也有一名北投賭場的大兄，他們密談走私白粉的可能與合作。

42場——

九月颱風來之前陰霾的天氣，晨間天光亮。港邊妾兄與比利監督工人搬貨。比利在貨中找記號，妾兄有些緊張，頻回頭四顧。

42場A——

妾的房間裡，大哥細心在餵小兒吃米奶，剛起身披著上衣，腹部圍著護兜，胸前有一片刺青。妾在廚房煮粥，天暗屋中點著燈。

大哥餵食完，抱起兒子走出陽台。

42場B——

遠處港邊，比利找到記號，劃開麻袋，取出密封油紙包。妾兄已經發現大哥在陽台上，慌張示意比利。

比利拿著油紙包匆匆走向轎車，大哥突然出現攔住，搶過油紙包，比利還沒舉動，大哥已拔出貼身短刀，劃開油紙包，是白粉。比利欲解釋，大哥止住，令叫其兄阿山來。

43場——

商行樓下的事務所，大哥在責問妾兄，始知三哥也參與了白粉走私。

柯桑進屋來，大哥指桌上白粉，冷笑道「飼老鼠咬布袋」。沉默中，屋外傳來雷聲。

上海佬阿山火速趕來了，木訥老表也跟著。沒有任何爭執，阿山先摑比利一巴掌，做給大哥和柯桑看。大哥保留白粉，言明再發生，就拆伙。

44場——

下起大雨。三哥還在賭場，一夜未睡，看樣子是輸了很多。起身如廁，因與一女人錯身而過，在廁所突然想起昨晚很熟的那個女人分明是九份失蹤的阿菊。

他急走入妓院內，遇一妓，問阿菊房間，妓順手指示。他去敲門，無聲，硬闖破門而入，阿菊與男人驚醒，見是他，起身欲逃，被扭住。混亂中，金泉出現，知事敗，藉口鬧場，拔刀欲殺之，三哥用手接刀，拚鬥。

45場——

大哥與妾兄乘兩部人力車來抓三哥回家。雨勢更大了，大哥躲簷下，囑妾兄去找三哥。巷內側門三哥與金泉幾人拚出雨中，大哥發現三哥在其中，急衝上前，打翻兩人，金泉跌在牆簷，胸前滲出血跡。大哥把衣服脫下丟給跑來的妾兄，裹住三哥臂傷，赤袒胸前刺青在雨裡一股子淒厲。金泉爬起，握著刀毫不退縮，走上來。

阿城出現了，喝令金泉進屋，想圓場，大哥不理睬，叫妾兄揹起三哥離去。

46 場——

雨勢轉弱。廳堂裡，三哥已裹好傷，大嫂和三嫂在收拾地上的血水污衣。阿祿師破口大罵，每件事都跟老三有關！妾兄接柯桑和一名保鑣來了，大哥迎上前，兩人在房門邊談著，氣氛凝重。阿雪和弟妹們擠在門邊看熱鬧，被大嫂斥令趕進屋去。

47 場——

雙方談判在老人「哭呆華」古宅裡，大哥、柯桑、阿城，以及中間人「鑽石嘴」。颱風天，窗外風雨交加。

阿城這邊的說詞是紅猴坑了金泉的小兄弟，大哥言人已死，無對證，堅持紅猴的老母該得一份，其餘對半拆帳，要阿城吐錢。

48 場——

颱風過後一片瘡痍，工人修理被颱風吹壞的小上海酒家的招牌。阿城領金泉到來，訪見阿祿師與大哥，親自送上錢款。

48 場 A——

事後，阿祿師訓責大哥，謂妾兄吃相貪，慾重不可靠，勸大哥不可如此「惜情」，並且要小心阿城這幫人。

48 場 B——

文清突然回來了，寬榮跟寬美一道，因要回四腳亭家中探看災情，順路來林家玩玩。談起這次大颱風，十四年來僅見，損失慘重。

全家對吳氏兄妹很殷勤，大哥尤其是敬重讀書人。阿雪與寬美甚投緣。

48場C——

診所內，二嫂煮食招待他們。文清筆談，說二嫂是表姐，小時候住鄉下外婆家，一味頑皮，失聰後表姐最照顧他。

牆上掛著二哥全家福的照片，是二哥被徵召去南洋前文清照的。那天，一家五口人盛裝拍下了這張相片後，二哥叫阿坤和妹妹們站到診所門邊來，在刻有尺痕的木柱上，留下了二哥對三個小孩身高的記憶。

48場D——

黎明前闃寂的基隆市，收舊貨人唱著「有酒矸通賣無」。這支歌不是一個人在唱，而是全市大街小巷裡都可聽到的。

49場——

早晨，一隊憲警由里長陪同到小上海酒家捉拿三哥，罪名是漢奸。全家頓時陷入恐怖，阿祿師大罵里長。

三哥傷已快好，越牆而逃，後面傳來喝令及槍聲。

50 場——

同時，妾家響起急促的敲門聲，大哥從床上躍起，順手抓了床頭的木劍。進門的是妾兄，趕來通知，大哥從二樓後面陽台逃走。

51 場——

大哥在柯桑家，接骨師替他推拿，整個腳板都腫了。

柯桑回來，告以三哥被抓，逃時被槍擊中，生死不知。兩人罪名一樣是漢奸，聽說有人檢舉。

52 場——

台北某官員日式住宅內，柯桑領大哥來訪。某官員是半山，用台語交談，謂檢舉內容具體，尤對三哥在上海的事知之甚詳。囑彼等暫且忍耐，日前林議員一直建議中央將台灣不列入漢奸戰犯檢肅條例。

53 場——

柯桑探監，是三哥同監獄的兄弟，問三哥狀況，聽說很慘。

53場A——

監獄外大哥在車內，柯桑出來告之狀況。

54場——

北投賭場，上海佬阿山豪賭。柯桑出現，趨前與阿山耳語，老表見狀起身，阿山示意不可妄動。

柯桑領阿山到房間，大哥等在那裡，柯桑以台語暗聲告訴大哥，上海佬他們很警戒敏感。眾人坐下，大哥拿出白粉交還，請阿山幫忙利用官方的關係，讓三哥在過年前保釋返家團聚，妾兄在旁翻譯。阿山謂他只能盡力，不能保證成功，因為他的關係是政界，不是軍方。

55場——

文清熟睡被大哥搖醒，以日文筆談，要文清去接三哥回來，通知已到。

文清謂元旦已宣布台灣不列入漢奸戰犯檢肅條例（三十六年一月一日），大哥卻不相信政令。兄弟二人默然，天已濛濛亮了。

56場——

春節前某日，兩部人力車拉到小上海酒家，文清將三哥帶回家來。三哥臉色蒼黃，甫下車鮮血從口鼻直湧出，大哥橫抱三哥入屋，驚動全屋。阿祿師吼叫姨婆去拿祕帖給三哥服下，三嫂哭號著，被阿祿師嚴厲喝斥。

57場——

春節，小上海酒家前的廣場，正進行著傳統的炮獅活動。爆竹迸裂，煙硝瀰漫，充滿一股強悍之氣。而這股氣性似乎已被時代的大環境壓制得蠢蠢欲動，終要爆發。

58場——

午後，大哥在妾家惡夢驚醒，怔忡間，遠處傳來爆竹，疑似槍聲。大哥起身到陽台眺望，城港一片死寂。

妾在廚房燉煮，不明所以，替大哥備了熱水茶具端來。大哥沉緩的泡著茶，說夢到母親。想起五歲過年時，母親要父親出門典當金飾，因恐父親嗜賭如命，派他跟去，結果半途父親把他綁在電桿上，還是拿錢去賭了。妾聽著也笑起來。

58場A——

大哥想起了年幼時的事，人變得寂寞而溫柔。畫面跳母親撒手離去時，囑咐他照顧這個家，不放心父親。老二是沒有問題的，老三性情浮躁不定，容易出事，最令人擔心，老四有技術，將來謀生不難，可開寫真館。

58場B——

妾兄忽然回家，說了一些發生暴亂的事，聽講台北不得了，因為緝私隊查私煙打死人，引起公憤鬧起來，見外省人就打。

59場——

台金醫院，有兩名傷者逃進來，一人驚駭，一人抱著頭嚎叫，血染衣襟。寬美護士們忙碌不暇。院外有傷者欲逃被圍打，院長喝止，扶傷者進醫院。

寬榮與文清來找寬美，因何永康失蹤，林老師託人囑寬榮去台北，文清同去，身揹一架相機。

60場——

汽笛長鳴，急馳中的火車，車廂內沉靜得可怕。

車緩緩慢下來，有些人攀車朝外望，遠處有人奔逃，幾堆黑煙在燒，路邊幾人追著火車揮手喊叫。車停住，是被暴民攔下。

寬榮下車觀望，有人跳下車，遭暴民追殺。車內騷動起來，一名少婦懷裡抱著嬰兒，手還牽著小女孩，慌張想逃，文清上前拉住他們，安插在自己座位旁邊，手勢叫他們噤聲。

暴民手持鐮刀從車廂那頭一路過來，見人即用台語日語問「哪裡人！」

答不上來就打殺。來到他們跟前尚未開口，文清突然站起來，用台語報出姓名住處，隔壁的少婦小孩是他的妻女，聲量奇大，怪腔怪調的台語，暴民一愣，用日語問他去台北幹什麼，文清聽不見呆住，寬榮適時趕回推開暴民：

「他是聾子！」

暴民走過去後，文清跌坐椅上，全身止不住一直顫抖。

61 場——

他們找到巷內何永康的日式住家，敲了半天門，才有台語應門，是何家的小女傭阿英。進屋內，何太太與兒子從天花板爬下來。

問起林老師，去找何永康未歸。寬榮用國語介紹火車上遇見的母女，不很流利的國語，倒是何太太與少婦兩人交談起來。因少婦的先生是軍官，住圓山那裡無法通過，只好隨寬榮過來暫避一夜。

何太太進廚房與女傭阿英準備飯食，軍官太太過來幫忙，談話中何太太哭起來，阿英講是因為女兒就讀女師附小一年級還未回，平時是何先生接送。寬榮到過何家多回認得女兒，決定先去女師附小接女兒。文清留下相護，有個男人，大家總是安心。

62 場——

何太太母子，軍官太太母女，阿英，和文清一起圍桌吃飯。文清細心用紙將燈罩圍起來，減弱光源。小孩講話一大聲便給大人喝止噤聲。

停電了，阿英去找出蠟燭，剛點燃，屋外嘈雜聲喊叫，「藏阿山者殺！房屋要燒掉！」女人們十分緊張，文清秉燭走到玄關察望，燭火被風吹滅。漆黑中傳來機槍聲，有人跑進巷子，砰巨響，似憲警追進了巷區。

天亮時，文清熟睡在客廳沙發上，身上蓋著毛毯。阿英在廚房熬稀飯。大門突然敲響，是寬榮領小女兒回來了，與何太太抱著哭。

寬榮以生硬的國語敘述著，昨晚到了女師附小，戒嚴不敢再回，學校裡另有五名外省男女學童由一位老師照顧，大家在教室凍了一夜……

收音機廣播的O.S.起，是陳儀在宣布解除戒嚴及事件的處理，呼籲民眾冷靜。（三月一日下午五時）

63場——

金瓜石淒風苦雨，寬美陪一名穿陰丹士林旗袍的年輕婦人返家取衣物熱水瓶等，寬美打傘等在門前，失神望著冷濕鬱灰的山城。廣播的O.S.，一直延續到下一場。

64場——

台金醫院，五、六個人圍擠在院長室窗外，有的把肘支在窗台上，傾聽收音機廣播。疲累的院長閉目坐在旋轉椅裡似乎是睡著了。

寬美陪著婦人回來。傷者平靜的沉睡著，小男孩對著窗玻璃上呵氣塗鴉玩，婦人在過道盡頭用暖瓶灌加熱水。另有一女人大聲議論著，謂菊元（新高公司）的東西都被拿出去燒，還有毛織的呢，都一起燒，太可惜了，不如給她穿還好……

收音機廣播中，突然有人插播亦或轉台，還是民眾佔領了廣播電台，激烈的呼喊著要全省人都出來響應，把事件往全省各個角落擴大下去……爆炸聲，廣播中斷，有人喊叫，槍聲。

65場——

寒雨一直未停。寬美在燭光下記日記，O.S.說到還在下雨，已經四天了，哥哥跟文清仍未回，很擔心。昨天有人從台北來，說廣播電台都被佔領了，今天院長把拉幾歐收起來不讓再聽了。受傷的人還是一個接一個的抬進來。

65場A——

翌日天晴，文清回來了。寬美見到他，怔怔的。

文清人很憔悴，因為發燒顯得兩隻眼睛炯炯滾火。與寬美筆談，謂何永康沒事，躲在友人處，幸賴西裝襟前別著的報社徽章未遭人打。林老師他們每天去公會堂開會鬧哄哄的，寬榮要他先回來……

寬美看著遞過來的字條時，聽見空咚一聲，文清癱跌在地昏病。

護理長幫文清打針，已睡著了。

66場——

天氣晴起來，寬美帶了書來探望文清，小廝看管著店鋪，請她到後面屋裡。

文清除了體弱，差不多已痊癒，正在沐浴，健婦幫忙擦背，寬美走到外面空地等著。

文清浴罷出來，寬美把書給他，是日文版高爾基的《母親》，寬榮的書。文清翻開見書頁上有寬榮的題語寫道：儘管飛揚的去吧，我隨後就來，大家都一樣。

寬美筆談，哥哥曾跟她講過，明治時代，少女從瀑布跳下去自殺，遺書說不是為了厭世或失意，而是為了自己如花一樣的青春不知如何是好，那麼就像花一樣飛揚去吧，那時的年輕人都為這個少女的死去和遺言感到大大的振奮起來了，那時是明治維新的時代呢……

一邊寫著講著，寬美自己也激昂起來，文清奇異的聽她述說，感激之情不能自已。兩人都不迴避彼此洩露無遺的眼神。

67 場——

夜晚醫院宿舍，寬美在清洗衣物，相館裡的小廝來找，告之寬榮回來，受了傷。

68場——

照相館裡，寬榮滿臉于思和驚懼，腳骨可能裂了。說是幸好機警逃掉了，傳言軍隊昨從基隆上岸一路打上台北（三月八日夜），死了很多人，林老師失蹤了，處理委員會多人被抓，有關係的人都可能遭牽連，他準備先回鄉下躲藏。

69場——

四腳亭，寬美偕兄搭乘運煤的輕便車回家，街上行人零落而沉默。

69場A——

暮色時到家，寬榮和寬美從側門進屋。母親乍見，嚇一跳，趕緊扶進屋。吳家是此地一家大的診所，尚有兄嫂小孩若干人。

全家非常驚惶，因今天有憲警來過家中，鎮上有一些人被帶走。吳父安排寬榮避到祠堂老家，且不准寬美再回金瓜石，令留在家中，他會跟院長寫信，衣物以後再去取。

70 場——

寬美回到醫院已是三個禮拜以後。見院長正在忙，便先回宿舍收拾衣物，發現一封阿雪寄來的信。

阿雪的O.S.道：「寬美阿姨，昨日歐巴桑來通知，小叔被憲兵抓走了，爸爸上山，有去找妳，講妳回鄉下去了。聽人家說是因為國民小學林老師的關係，我眼睛都哭腫了，阿公說連聾子也抓，到底有沒有天理。爸爸去探聽消息沒有結果，基隆也抓了很多人。不知道妳什麼時候回醫院，請來看我們。」

O.S.的畫面會有，大哥與健婦在照相館前敘話，小廝用鑰匙開了門，大哥進屋，屋內的擺置好像家常日子正在進行的時候忽然被中斷了。

71場——

監獄裡，透空的小鐵窗，有麻雀吱雜叫聲，文清仰望那一小片天空，深慟默然。

牢裡剩下他與另外兩名中年漢子。天窗的光照更陡峭了，文清知道已近中午，淚水無言落下。

門開了，士兵叫名，兩中年男子望向他，文清靜靜把眼淚抹乾，起身走出。

經過牢房通道，無聲的世界，一切無聲。通過重重鐵門，從幽暗的牢室突然來到耀眼的光亮中，曝白。

72場——

小上海酒家，屋內大家在吃中飯，廢置的三哥一人坐旁邊吃粥，三嫂捧一碗飯追著小兒子餵食。

阿祿師見阿雪端了飯菜進房間送給文清吃，沉默著。

72場A——

文清的幽暗的房間，桌上放著飯菜，他站在窗前像一具泥塑剪影，正午的窗外白花花曝光。

72場B——

他想著從獄中出來為難友送遺物到家裡去的時候，難友的妻兒們，以及夾藏在布腰帶裡的血書遺言，「你們活著要有尊嚴，相信父親是無罪的」。

73場——

端午節前晚，廚房裡雲霧蒸騰，大嫂領二嫂和傭婦們忙碌包粽子，蒸熟的粽子掛在廊底下。女孩美靜也在包。

寬美風塵僕僕到來，提著一個布包。大嫂出來招呼，阿雪告訴寬美，小叔昨天出門至今未回，三嫂拿出剛蒸熟的粽子招待寬美。

74場——

寬美被接往二嫂診所暫住，二嫂招呼著鋪好床，寬美靜坐，望著夜晚燈下二嫂安詳的縫補衣服，餐桌上，阿坤與妹妹們在做功課，阿坤已經唸初中了。

74 場A——

寬美想著離家前母親的勸留，以及父親的憤怒。他們不贊成林文清，甚至怪罪哥哥的離家到今天這種田地是因為文清的緣故。

75 場——

近午了，二嫂在廚房忙著，寬美幫忙揀菜，靜默中，流下眼淚。

阿雪領著文清進門，見面恍如隔世。二嫂悄悄把阿雪喚進廚房。

兩人坐下，覺得陌生。寬美筆談，「身體好嗎？」「收到我的信？」

「哥哥失蹤了！」文清只是深沉看著她。「我離家……」寬美紅了臉，「家裡有人提親……」

文清寂然無語，寬美是離家出走來看他的。壁鐘響起，十二點了。文清筆談，「我見過寬榮，我不能說出地點。監獄裡有人託我帶口信……」

75場A——

文清出獄後遵守諾言，到四腳亭一家中藥舖，見了一個叫許炳坤的人。兩人乘坐軟轎到汐止山裡的光明寺，農舍裡見著老洪，帶到口信「水井」二字。

深井中老洪他們撈起一箱槍械。

75場B——

文清也在這裡見到寬榮。農舍前的曬穀場，寬榮與一群青年在操練，赤祖著上身對著紮綑的稻草人嘶聲劈刺。

75場C——

「離別時，寬榮不要我再來這裡。他說不要告訴我的家人，讓他們當我已死。」文清停筆，激動而肅穆，寬美淚已濕襟。

76 場——

鑼鼓喧天，小上海酒家前廣場，酬神的布袋戲熱鬧進行著，有過節的氣氛。

文清在幽暗的房內，世間種種牽扯使他茫然。阿雪送來粽子，大哥隨後進來，問他以後的打算，當在隔鄰開照相館，近家也有照應，講到寬美，人家女孩都找來家裡了，意思還不夠明白嗎，要給人家一個交代。

77 場——

六月天，台金醫院午後顯得安靜而慵懶。院長正看著文清寫的一封信，文清與寬美靜立等待，他們是來求院長說媒的。

78 場——

爆竹迸裂，煙硝瀰漫，小上海酒家辦喜事。寬美父母和陳院長都來了，在廳堂阿祿師和大哥相陪。萎頓的三哥換過新衣裳，似乎也感染了喜氣。寬美在新房裡感到平靜的幸福。

全家聚集在堂前照相。照相師是文清的徒弟小廝，鎂光燈一閃亮起耀目光芒。

79場——

婚後，文清帶著寬美在九份市場旁新開了一家照相館，小小的店面。寬美在屋後晾曬衣服，背後是遠山。

正午，小兩口吃飯，家常日子，卻又是新婚。

79場A——

午後，雷聲隱隱，文清睡夢中驚醒，滿頭汗珠。寬美收衣服進屋發覺異狀，文清夢到大哥浴血奔逃。

80場——

北投賭場，大哥在賭。

跟隨身邊的妾兄在過道遇見金泉與比利，妾兄諷言比利出賣三哥，被金泉摑掌，衝突而發生拚鬥。

大哥衝出來打，重創比利。隔廊房間湧出一群人，上海佬阿山、阿城及幾名陌生客，是一股新的結合勢力。大哥被激怒了，長久積鬱的怒氣一發不可收拾。拚鬥中，槍響，大哥毫無所覺，撂倒阿山，金泉死拚，阿山和阿城逃。追殺著，大哥突然力竭倒地，胸前鮮血汩汩流出。

81場——

小上海酒家進行著法事，大嫂跟阿雪妹妹們跪在靈前。

屋內，阿坤幫著祖父紮緊腰布，阿祿師取出拐杖刀，帶著阿坤出門欲報仇，姨婆發現阻止。文清奔出抱起父親走回，阿祿師掙扎踢打破口大罵。

82場——

六月天，颱風將來，漫天的火燒雲。大哥葬在臨海崖坡，道士搖著鈴誦經，冥紙灰飛。

83 場——

文清陪大嫂來港邊商行妾的住所。商行樓房將頂給別人，說服妾把光明帶回家來住，畢竟光明是林家的長孫。妾搖頭只是哭泣，光明站在竹床中，烏亮眼睛好奇的看著。

84 場——

寬美在台金醫院產下一子，停電的燭光中，文清喜極而泣。

85 場——

某日，夜裡下起雨。急促的拍門聲，寬美醒來去開門。

是四腳亭山裡的許炳坤，送來寬榮一封信，寫說光明寺農舍被剿，老洪出賣了他們，恐文清被牽連要他們逃。

86場——

清晨下雨的火車站，文清一家三口人，小兒抱在懷裡，地上兩口大皮箱。站前柵欄外面灰雨裡的海岸線，濤聲一波波，他們能逃去哪裡呢？

87場——

所以他們又回來了。

在照相館畫著窗簾壁爐花瓶的布景前面，文清調好三腳架相機，為他們盛裝的三人拍下了全家福。

88場——

全家福照片寄到小上海酒家阿雪手中。寬美信上的O.S.，自前面兩場延續到這裡，「……我們沒有走，因為不知道要走到哪裡。我到過台北託人探聽哥哥，毫無音訊。阿樸長牙了，常愛笑，神情很像妳小叔。妳小叔比往日更默然，除了工作就是跟阿樸玩，帶他散步……」

O.S.的畫面是小上海酒家內笙歌隱約，鶯鶯燕燕在玩四色牌，妾兄混其中。三哥不停吃著神桌上的供糕。光明於庭中騎竹馬玩。阿祿師坐在他的籐椅裡睡著了。

正堂大廳，彩繪玻璃投映出一個濃鬱色澤的世界，在那裡，光影陰陽疊錯，明冥難分，生活持續發生下去。

出字幕，一九四九年十二月，大陸易守，國民政府遷台，定臨時首都於台北。

劇本

吳念真

序場A　基隆港

△在黑畫面中淡入調整收音機頻道的聲音，之後，昭和敗戰詔書的聲音進來

（不是從頭開始，而是從中間某段插入。）

△畫面慢慢淡入，是基隆港海港大樓後的鐵道區，看得到港灣的部分。盛夏午後，西北雨的濃雲正在淤積，無人的環境中，一切呈現靜止狀態，唯獨港面波光粼粼。字幕：一九四五年八月十五日昭和天皇宣布無條件投降，結束日本的統治台灣五十一年。

序場B　文雄妾宅　黃昏近夜

△妾一臉是汗地掙扎著，產婆和幫忙的中年婦女巨大的影子投在她身上，產婆不斷地說：「擱ㄉㄧㄝˋ一下……快……呀沒囝仔是不給妳哦……快……」妾用力的呻吟夾雜著疼痛的慘叫。

△隔著搖動的燭光，我們看到十三歲的阿雪站在門邊，好奇卻又驚駭地看妾掙扎的樣子。

△廳中，文雄、妾兄、妾父三個男人近乎無能地坐在那兒，茶几上也用倒扣

的杯子點著蠟燭，當阿雪快步經過時，都看著她。

△文雄似乎有種忍不住的煩躁，撩內衣搧著風。

文　雄：（喃喃地）幹你娘！找這個時拵在停電。

妾　父：（也喃喃地應聲，日語）沒辦法！

△阿雪又端著碗公快步經過他們。

△阿雪入房間，妾仍叫著，更起勁地使力，阿雪抓起鹽米，灑向火爐，冒出一道青光。

產　婆：（低聲催促著）擱ㄉㄧㄝˋ一下……看得見頭了……

△阿雪探頭看了一下，但馬上又灑了一把鹽米。

△燈亮了，客廳裡的三個男人驚喜地看著。

△這同時，房裡也傳來嬰兒啼哭的聲音。

△文雄忽然展現出一個驚喜的笑容，本能地起身想走向產房。

妾　父：（出聲攔住他）查甫人不要進去！產房帶煞！嘸清潔！

△臥房內，產婆正在清洗嬰兒，鄰婦略扶起一臉汗濕神情疲憊，卻仍流露著屬於母親的那種笑意的妾看向這邊。

△阿雪看著小孩，然後抬起頭和妾交換一個笑容之後，忍不住地跑出房外。

文　雄：（一見阿雪笑著出來，有點緊張地問）按怎！公的還是母的？

阿　雪：（日語）弟弟！

妾　兄：（朝文雄笑了笑）嘿……攔ㄍㄠˇ哦……這下子，我嘛升格做母舅了呢。

△妾宅的陽台上，文雄端著一杯酒走了出來，一臉藏不住的欣喜。阿雪也跟出來，文雄把杯子湊向女兒，又湊了一下，阿雪遵意淺抿了一口之後可愛的表情。

△文雄一仰頭把酒喝光，望著陽台外雨後的基隆。

△雨霧裡燈光閃爍的港市遠景。

△片名字幕：悲情城市。

1 場　小上海酒家外　日

△「小上海酒家」的招牌正被慢慢地吊高。

△文雄的臂上戴著「省修會」的臂章，挺神氣地和一堆人站在店前看著，指

揮高低左右，有一兩個人和他一樣也掛著臂章。

△門口一片熱鬧景象，板車運來許多「祝開幕，啲船頭誼兄弟一同敬賀」的花圈架。

△有人拿著國旗走向文雄這邊。

鄰　人：雄仔，啊嗒這個旗仔是要掛哪一勢？（把旗子上下掛了一陣）是這樣還是這樣？

△文雄接過來看著。

鄰　人：（「真誠」的疑惑，朝左右的人抱怨著）日本仔膏藥，正掛左掛，顛倒頭掛攏嘛一樣，這款新的，幹！ㄕㄚ攏沒！

△文雄看了看，抬頭見阿雪拎著一套燙好的老人的唐裝回家。

文　雄：阿雪，妳四叔仔回來了沒？

阿　雪：還沒。

文　雄：（哦了一聲，又看看旗子）阮第四的書讀卡多，卡懂，這我嘛看無。

△阿雪在稍遠處第一次看到那陌生的旗幟，一群人挺認真地在翻看著，她聽見有人說「紅的在上面啦……你沒聽人講，日頭出來滿天紅……青的明明

是日頭！」有人應道「嗯，擱有臭尿破味哦（有點道理哦）……」

2 場　小上海內　同前場

阿　雪：△阿雪拎衣服進來時，母親正坐在灶前發呆，暗暗抹淚。
（看看她，喚了聲）卡將（母親）……
△母親回神，站了起來。

母　親：（掩飾地）這燒水提去給阿公洗身軀。

阿　雪：（看看她）哦。
△另一房間內，一堆女郎正在穿衣、化妝，把房間擠得滿滿的，福泰的姨婆正替一女郎挽面。

阿　雪：（走進房裡，看了一下）姨婆，阿公叫妳去幫伊擦背。
△女郎一聽笑鬧起來，有人笑說：「哇，歐巴桑福氣，開幕第一攤。」

姨　婆：（停下動作）ㄙㄨㄟ去啦！老猴！人無閒伊擱愛舒（人家沒空，他還貪舒服）！
△浴室內，阿公半閉著眼，坐在小凳上，穿短褲，讓姨婆擦背。

阿　公：（有意無意）一ㄝ，文雄那個紅嬰仔怎攏沒抱回來看看？

姨　婆：外頭生的囝仔抱入厝？你是要讓你媳婦凝（不甘心、受辱之意）死哦？

阿　公：騙ㄒㄧˋㄠ的，大某小某平平不是某，某生的，平平不是兒子。

姨　婆：（有點藉機自憐）歹講哦……我是沒生不知啦，若生，不的確給你們當作路邊狗仔咧。

阿　公：（斥責，卻無惡意地）講啥ㄒㄧˋㄠ話。

姨　婆：（被罵卻反而心安，兀自擦背，隔了一會兒才說）呀不是叫你給伊號一個名？你敢想有啊？

阿　公：（瞇著眼，喃喃地，理所當然地）紅嬰仔是光復那天出世的，落土ㄍㄨㄛ剛好電來電火著……叫光明就最合意思了，還著啥想。

3 場　小上海內外　黃昏

△小上海相鄰的店鋪前都倒掛著青天白日旗，正在燒香，鞭炮響成一片。

△「小上海酒家」的招牌嶄新地亮著，底下是成排的花籃花圈。

△小上海店前，林阿祿一家子人和酒家的全體鶯鶯燕燕正集合拍照，大家嬉

笑地排位子，阿雪注意到當母親被推著和父親站在一起時，那種硬撐出的「醋意」。最後姨婆扶著烏烏的阿公出來，他穿的正是阿雪拎回來那套畢挺的唐裝。

△磨蹭了半天，攝影師終於躲入黑布內，所有人隨即不動，僵硬地笑著，等候那一閃強光。

△阿雪的O.S.（out sound，畫外音）陸續落在下面的畫面上。

△阿公正和一些老頭喝酒、划拳，姨婆跪在一邊倒酒服侍，朝那些老人敬酒。

△阿坤無聊的四下逛著。

△阿坤看到另一間房內，文雄和一個頭紮紗布的日本警察和幾個人正在商議什麼，在一些紙上蓋章，文雄要阿坤走開。

△另一房間裡，文雄妻、阿雪、二嫂和阿坤、妹妹正靜靜地坐著，二嫂似乎在安慰文雄妻。

△阿坤走到阿公喝酒的房間玄關處，看了看，無聊地玩著口袋裡的硬幣，然後掏出來，往上扔，用額頭去接，一次又一次。

△阿公帶酒意看到，叫了聲：「喂，眼睛不能閉，教都不會，我弄給你看……」

△眾老頭起鬨，阿公腳步不穩，姨婆欲扶被推開，阿公過來扔，眼睛果然沒閉，阿坤尊敬不已地看著。

△夜深了，文雄妻和阿雪在門口送二嫂和阿坤他們上三輪車。

△半夜，阿公衣衫不整，一臉驚恐地和自己的影子打架，姨婆拉不住，文雄、文雄妻等人都被吵醒，匆匆過來。文雄抱住他，俟他安靜下來，才把他放下床，阿公無神地看看他，閉眼又睡著了。

阿　雪：（O.S.）四叔，昨夜，寂寞地住在山上的你，或許也能聽到基隆鞭炮的聲音吧。其中，有許多一定是從我們家傳過去的。一部分是光復的歡喜，一部分是阿公「小上海酒家」的開幕。不過，阿公好像並不特別快樂，他說，四個兒子，卻只有爸爸在家。爸爸最近很忙，他和一些朋友都參加了「省修會」，替代日本警察維持秩序，日本警察也可憐的，好多人會去包圍他們的宿舍，連山本先生都挨打了。爸爸去救他們時，他的妻子兒女都跪在玄關，向那些人說：「對不起，請原諒……」昨夜，山本先生來了，一杯接一杯的喝酒，聽說，要把房子讓給爸爸，一直說：「帶不回去的，帶不回去的……」二嬸也帶阿坤回來，她牽掛出征的二叔，也為阿坤的浮氣擔心著，阿坤還小，不能了解母親的哀傷，依舊和阿公足足鬧了一個晚上。後來阿公醉了，半夜再度夢見祖母吧，和她的鬼魂凶猛地打起架來，直到打累了，才又沉沉睡去，一如往常一樣。而在這樣的日子裡，媽媽的寂寞卻被忽視了。

4 場　阿雪房間連玄關　晨

△上一場的O.S.部分落在本場，畫面中，阿雪正在窗口的桌前寫信，逆著晨光，少女沉靜溫婉的臉龐。

△文雄妻的O.S.喚了聲「Yuki」，阿雪回頭見母親走進來，手裡拿著一個方方正正的、用精緻的包巾裹著的禮品。

大　嫂：（平靜的語氣）多桑在等妳……（把禮品遞給阿雪）這拿去給妳阿姨，順便給伊講「月內」若有欠啥就要給咱知，伊厝裡也沒半個查某人。

△阿雪接過來，看著母親。

5 場　高砂橋　晨

△父女坐在人力車上，車子正經過晨霧未散的高砂橋，阿雪的手拘謹地擱在禮物上。

阿　雪：（O.S.）爸爸在高砂橋的阿姨，替他生了一個男孩，阿公高興地說他又多了一個查甫孫，替他取名叫林光明。

6 場　小上海內雜景　晨

△書桌上，阿雪未竟的信，以及擱在一旁的筆，信以日文書寫。

△阿公正在廊上的地板練拳健身，文雄妻沉默卻認真地在稍遠處伏身擦地板。

阿　雪：（O.S.）四叔，此刻，如果我是男子該多好啊，就算不能像你一樣，唸那麼多書，做想做的事，至少，也讓媽媽擁有一點驕傲吧……

7 場　妾宅　晨

△妾抱著嬰兒，正看著一條長命百歲的金鎖片。阿雪打開另一些盒子，裡頭

是嬰孩的衣服帽子，衣帽上都細心地縫上了紅色的「卍」字，妾感動地笑著。

△廳上，文雄、妾兄、柯桑、和一日本人正在談事，妾兄積極地慫恿文雄，叫文雄出面說動看守的日本海軍，「三船Alumi（鋁塊）和橡膠駛去香港賣，你看能賣多少？對嘸？趁現在亂糟糟……不賣……到最後還不是留給國府接收？」妾兄說著看看柯桑，「碼頭又是柯桑的地頭，船和人攏便便，哪有錢送到面前來，擱在小利的（客氣的）？對嘸！」文雄看看柯桑，正在考慮時，聽見日文的兒歌淡淡地傳來。

△陽台上，阿雪正抱著嬰孩搖著，看著港內的帆影，輕輕地唱著。

8 場　金瓜石照相館內外　日

△在前場淡淡的歌聲中淡入，著日本服裝的一家人，每個人的表情都顯得淒清落寞，強光一閃之後，日本男子起立，恭敬地向文清行禮，文清回禮。

△文清抓著外套，邊跑邊穿，郵差正背著郵袋走過來。

△郵差一見是他，連忙把一封信遞給他。

9 場　海濱火車站　同前場

△一列蒸氣火車正進站，緩緩停下。下車的人並不多，朝氣煥然的寬美下了車，車長把行李遞給她，她恭敬地行禮道謝。

△她在月台上看了一下，火車緩緩出站。

△文清遠遠跑過來，慌慌地掏筆，把套子含在嘴裡，又掏紙寫了紙條遞給寬美。不停地喘著。

△寬美靜靜地看著他匆忙的樣子，看看紙條，紙條上寫的是「兄有事，託我來接，我叫林文清」。寬美似乎想寫什麼，文清匆忙把筆遞給她，這才發覺筆套仍在嘴中。

△寬美在紙上寫著「兄多次提過您，有勞之處，非常不安，感激」（日文）。

△文清看著，寬美行禮，文清忙伸手提過行李。

10 場　金瓜石國小內　接前場

△山間簡樸的小學，上課時間，淡淡地聽得見風琴和小孩歌唱聲，以及台語

唸「卿雲爛兮，糾縵縵兮，日月光華，旦復旦兮」的聲音。

△低年級教室內，小川靜子正彈風琴，為小孩伴奏唱一首日本童謠。她微笑看著小孩們天真的神情，不覺陷入一種迷惘的情緒裡，儘管笑著，當一曲奏罷，卻茫然地愣在那兒。

△小孩們詫異地看著她。

△小川靜子一下才醒覺過來，忙不迭地道歉說：「失禮哦，你們唱得太好了，先生啊都……」，然後掩飾地彈著前奏說：「我們，再唱一遍……」

△吳寬榮老師的教室裡，黑板上寫的是「中國國歌，卿雲爛兮……」字旁有平假名的注音，他用教鞭指著，一字一字教學生唸。

寬榮：（唸完之後，走到講台，非常莊嚴的）這是咱中國的國歌，無論怎樣，大家一定要記得，以後，不但大家要會唱，我們的子子孫孫也都唱會到，知否。（兀自輕輕笑著，不太好意思的樣子）這是好久以前，先生在一本中國雜誌裡看到的，偷偷抄起來，一直藏著，現在，不怕啦。

△學生們有的也跟他一樣，笑著，但有些學生碎動地看著門外。

△寬榮回過頭去，原來是文清和寬美站在那兒。

寬　榮：（走向門邊，用日語叫妹妹）寬美。

△學生在後面嘩笑著，「哦，先生的愛人吧！」

11場　台金醫院內外　接前場

△台金醫院外觀。

△宿舍內，寬美在一護士引導下，打開了她房間的窗，看得見基隆嶼一帶的海面。護士走後，她打開行李，欲整理，但還是被窗外的風景迷住了，又走過去望著。

△診療室內，寬榮正和院長陳桑談話。從陳桑的打扮和診療室內有點亂、有點雜的書籍（大量的文藝書籍及非醫學書刊）看起來，我們可以了解他是台灣早期那種思想較為開放的知識分子。

陳　桑：（似乎是開玩笑但又認真的語氣）你把寬美帶來我這兒，你爸敢會放心？

寬　榮：伊若連你都不放心，寬美就沒位可去了。（笑了笑）不知是不是我這個大哥把她帶壞去，畢業後，厝裡就住不ㄉㄧㄠˇ，想要出來社會走。

陳　桑：（靜了一會兒才望著外面喃喃地）時代變了，朝代變了，人的眼光嘛有影要開，查甫查某攏同款。

12場　金瓜石照相館　黃昏

△遠眺太平洋畔的金瓜石山谷，暮色蒼茫，夜霧正輕攏上來。

△照相館內，寬榮和靜子正在工作檯上看著一些有待切邊的照片，幾乎都是日本家庭憂愁的表情。寬榮發現靜子的神情有些不對。

寬　榮：（低聲日語）怎麼啦？

△靜子朝他笑了一下，搖搖頭。

△文清正忙著把攝影機和道具挪開，把小飯桌搬過來。

△寬美好奇的看著貼了一牆的人像，全是年輕的戰士，回身時正看到文清拿著抹布要擦桌子，她連忙過去，文清不讓，她尷尬地站在一邊，卻聽見寬榮說：「妳讓他忙，這樣他反而自在。」

△寬美回頭，文清似乎知道寬榮在說什麼，朝她笑。

寬　美：（走向寬榮，指指牆上照片，低聲問）林桑是不是把每個出征的人的照片都留下來了？

寬　榮：也許是吧，他說過，寫真叫人感動的地方，就是能保留萬物極美的剎那，他留不住這些人的生命，但留著照片，至少可以留住他們青春的臉孔。

△寬榮帶笑說著，話語平常，但靜子與寬美似乎都有不同的感受。文清也許知道他們在說他，當寬美看向他時，他靦腆地笑著。

△靜子則掩飾什麼似地，迎向從廚房捧著碗筷出來的婦人。

△寬榮看著靜子那邊，寬美敏感地注意到這兩人的情緒，當她看向寬榮時，寬榮避開她的眼神。

13 場　基隆碼頭　日

△冷雨的基隆碼頭，人群擁塞，一切都顯得灰沉，包括天空、海面、人們的衣著和泛著流光的傘面。

△火車從港口那邊緩緩開了過來。

△文清和阿坤，打扮得素淨的二嫂及女兒，阿雪，大哥，三嫂，散落在人群中看著。

△台灣兵陸續下來了，面無表情，有人舉著類似招魂旗的白布，有人相互扶持著，有人捧著朋友的骨灰，像鬼魅一般地湧出。

△人群中有人驚喜地叫著歸人的名字衝了出去，其他人卻一點都沒驚動，兀自呆滯地看著，林家一家人正是如此。

14場　小上海酒家內外　日

△晴天午後，小上海酒家外亂七八糟地停了一些腳踏車、人力車。有些大陸軍人三五成群地吃著香蕉走過，停步看了看，鄉音很濃的國語交談著。

△酒家內的待客處，阿公、大哥、妾兄和一些兄弟們正圍著一個黑黃瘦削的人，姨婆及大嫂正忙著替大家添豬腳麵線，但氣氛好像很凝重。

阿　公：（朝那歸來的兵士說）吃一點，沒好物，大家吃一點。（那兵士看看他，卻也沒動）我看文龍早慢嘛會回來，等伊回來，第三的也回來，我有ㄔㄨㄢˇ要殺豬公，到時再請大家，現在意思意思，跟你過運而已。

兵　士：文龍桑若回來，免講請，我某、我子，我都帶來跟伊叩頭。八月底，阮不知日本已經投降，還躲在山林內不敢出來，我麻老利亞（瘧症）當厲害，擱不知吃到啥漏吐瀉，若不是文龍桑一路把我顧，找草藥仔熬給我喝，我早就死在菲律賓了，若知後來，美國兵上山找人，大家以為他們要來相殺，還會跑的都跑，我跑不了，文龍桑還把我安置在山坑內，了後才跑，結果，誰知，跑不掉的竟先到厝！

△兵士的聲音傳到後面的房內，三嫂及二嫂兩人對坐著，二嫂飲泣不止，三嫂也陪著，聽見阿公說：「命啦，富貴在天，生死由命啦……」

△外頭遠遠傳來布袋戲的鑼聲，以及鞭炮聲。

15 場　小廣場　同前場

△小廣場上正演著布袋戲，台楣上貼著紅紙，寫著「祝王金火君平安還鄉」。

△台上演的正是夫妻相逢相擁相抱的動人情節。

△阿坤和妹妹吃著紅豆煎餅，在台下看得入神。

△忽然近處傳來兩聲槍聲，所有人回過頭去，見戲院側門跑出一堆人來，跌跌撞撞的。

△阿坤機警地護住妹妹。

△台上演戲的師傅也停了，探出頭來。

居民甲：（問跑出來的人）衝啥啦，戲台內按怎是否？

觀眾甲：（低聲罵）幹你娘，沒天良，著土匪咧！三四個阿山仔兵沒票說要入去看戲，顧門的伸手要拿票，伊們哩ㄌㄨ死，不知講啥小，硬要進去，顧門的一拉他們，那個短槍就拖出來，砰，有夠酷刑有影！

居民乙：第二遍啦。若擱這樣，你給伊看，早慢會出代誌啦。

16 場　台金宿舍　日

△台金宿舍隔間的木板拆掉了，改成臨時的病房，躺著一些傷兵，但整個環境卻顯得整潔肅穆，沒有血腥之氣。寬美和其他護士及陳院長分各處忙碌著，聽診、換藥或打針。

△寬美抬頭時，正好看到文清匆匆進來，他跟寬美笑著彎腰致意，他背後有人喊「文清！」但他沒聽見，寬美朝他指了指。

△有幾個人聽見叫文清的聲音，也都略起身，文清轉身過去，看到熟悉的朋

友吧，抑不住的激動，快步跑了過去，和那些人熱絡地拉著手，彼此拍打著。有人把手臂上的傷給他看，比著步槍打的樣子，也有人撩開肚子說：「不夠看啦，你看這……」比機關槍掃射的樣子，一票人熱絡地說著。

17場　山坡　黃昏

△面對薄暮的太平洋，一個老人立在崖邊。

△遠處山坡的稜線上有一些人在跑。

△老人的背影，我們聽到靜子的叫聲「歐多桑！」

△靜子和寬榮跑到崖邊遠處，驚立著，其他人在他們身後。老人沒回頭，但我們看到他顫抖的背影。

靜子：多桑！靜子在叫你哦！

△老人仍沒動。

△一群人也不敢動，只是哀淒地望著，然後我們看到陳桑、寬美和文清也跑了過來，聽見靜子的叫聲說：「多桑！靜子不能沒有你哦！」

△寬榮緩緩朝老人那兒移動。

△老人的背影。

靜　子：難道你不想看靜子一眼嗎，多桑……

△靜子叫著，跪了下來。

△老人茫然地緩緩轉過來。寬榮趁機飛身過去，抱住他，滾在地上。

18 場　靜子宅　夜

△靜子宅氣氛凝重，所有人沉默地看著小川先生的睡姿，於是陳桑收拾針筒、消毒盒的聲音便顯得清脆。

陳　桑：就讓他睡一會兒吧，看著他，萬一醒來時，情緒還靜不來，就過來叫我。

△靜子行禮致謝，文清幫陳桑提皮包，陳桑到門口便婉拒了，獨自出去。屋內只有小川先生的呼吸聲。

靜　子：（看著父親的臉，輕輕地撫著父親的手）多桑一定是誤會著我吧……（幽幽地說著）前幾天，收音機說日僑即將分批遣返，多桑說雖然是愛著這裡的，但畢竟是敗戰的異國之人，總要回去吧。我記得，我曾說，這裡是我的出生地，媽也葬在這裡，哥哥也都不在了。遙遠的青森對我來說，才是陌生的異國吧……多桑不懂我的心情啊……（哽咽著轉過身，朝文清和寬榮這邊綻開勉強的笑）這裡，我曾經度過美好的時光，不會忘記的啊……

△文清聽不見她的話，看向寬榮。

△含著淚水的寬美看著靜子和哥哥，期待著哥哥能說些什麼，但寬榮卻一直沉默著。

19 場　火車內外　日

△尖銳的汽笛聲中，一列南下火車馳過原野。

△火車內，文清的膝上反攤一本看了一半的書，是日譯狄更斯的《雙城記》，他望著窗外，在思索什麼。

△三嫂坐他隔壁，也有自己的心事吧，不自覺地撫摸她的結婚戒指。

20 場　高雄某學校　接前場

△某學校禮堂臨時搭建的傷兵救護站，有別於台金那邊的秩序與冷靜，這裡

顯得擁擠、雜亂，處處是探問和哭泣的聲音，護士們匆忙奔動著。

△文清和三嫂在一堆病患中尋找著，有時看到整個都包著紗布的人，還得去翻擔架邊的名牌。

△然後，他倆一起看到什麼似地快步跑了過去。

△牆角獨立的一個床上，綁著一個一臉亂鬚的人，既黃又瘦，睡得沉，臉上冒著豆大的汗珠。

△三嫂用手帕蒙住差點爆出的哭泣，文清看看她，拉著她疾步走向一個正替傷兵寫信的護士。

△文清匆忙地取出口袋中的信給護士看。

護　士：（看看信，看看他們）你們來啦。

三　嫂：（哽咽激動地）你們怎麼這樣對人待伊，狗啦不應該這樣綁……

△三哥文良那邊忽然冒出像狗一樣的哀鳴。

21場　火車內（回憶）　日

△火車內，文良死命地在乘客中擠竄著，後面有人大叫「抓漢奸！抓漢

奸！」乘客堵住，後面背槍的兵士已擠過來了，文良無助地大叫「我是台灣人！我是台灣人！」擠過來的兵用槍托朝他面門猛撞過來，火車汽笛聲尖銳響起，進山洞，畫面全黑。

22場　山坡　日

△陰雨的山坡，一座簡陋的轎子抬著虛脫的文良，手腳用布綁著。後面跟著的是文清和三嫂，大哥走在最前面。

23場　台金醫院　日

△大哥坐在診療室裡，罕見的沉默，煙在他指間燒著，長長一節煙灰。

△陳桑在寫病歷，寫完看看大哥，把煙灰缸遞給大哥。

陳　桑：免鬱卒啦，人平安回來就是福氣，先給伊靜養看看。

大　哥：（喃喃地）幹伊娘！不知是不是阮老母的風水有問題還是按怎，一家四兄弟，一個不知生死，一個是耳聾，一個竟然起ㄒㄧㄠˋ。

陳　桑：（抬頭看看他）不止你老母，我看整個台灣的風水攏嘛有問題。當初，盤古開天，隨便給伊黏在中國大陸，或是黏在日本本土攏嘛好，咱嘛免按呢，眾人吃，眾人騎，沒人疼。

△大哥知心地笑了笑，這時外面忽然傳來三哥的驚嚎，而後是三嫂的哀叫聲。

△陳桑及大哥匆忙跑出去。

△病房內一團亂，掙開綑綁的三哥正勒住三嫂，文清去抓三哥，屢被摔開，三嫂漲紅了臉，掙扎著。

△大哥跑進來大叫「良仔，你ㄒㄧㄠˋ呢？」過去欲拉開三哥，但三哥力量奇大，大哥根本抓不住他。

△陳桑交代寬美：「準備鎮定劑。」

△大哥忽然怒睜著大眼，用力打三哥的頭：「你ㄒㄧㄠˋ，你ㄒㄧㄠˋ，我就給你ㄒㄧㄠˋ一個卡有一點！」用力把他打昏過去。

△文清急扶三嫂，三嫂猛喘猛咳，然後掩口跑出去。

△三嫂在走廊水溝嘔吐，文清拍著她。

△陳桑和寬美幫三哥打針。大哥重新綑綁三哥手腳，看著他嘴角的青紫及血

跡，用手粗魯地擦了擦，怨怨地看著，又擦了擦，忽然眼眶紅了起來，走出去。

△走廊外，文清看著仍喘著的三嫂。

△大哥出來在一旁顫抖地點著煙，眼中一片淚光，叨煙望著天，沙啞地冒出一句：「我地幹你老母卡好……」

24 場　金瓜石小學　日

△金瓜石小學的教室外，走廊上有個老校工慢慢地走向信號鐘那邊，正學著從教室流出的「國語」，那是吳寬榮的聲音，「我是中國人，要講中國話」唸成「吾（台語音唸）ㄠˋ中國ㄌㄧˇㄣ，要講中·ㄍㄨㄛ話」。

△教室內，寬榮指著黑板上加上注音符號的國字，教得認真而嚴肅。鐘聲響了。

△寬榮隨著一群小孩走出教室時，聽見有人喊他「榮仔——」

△他回頭過來，看到穿中山裝的林宏隆，校長和一陌生人（何永康）。

△林宏隆朝他笑著，寬榮隔了一會，才叫了聲林老師，跑過去，喜極相擁。

寬榮：（喃喃地）我以為你不會回來了……一世人見不著了……

校長：（笑笑）林桑不但回來，而且現在開始和我們逗陣，他派來這兒接教務主任。

宏隆：△寬榮詢問的眼光，林宏隆朝他肯定地笑了笑，這才招呼何永康。

（國語）跟你介紹一個好朋友，同學，書蟲，吳寬榮。

寬榮：（不熟的國語）幸會。小弟吳寬榮，日後請多多給我指教。

宏隆：（驚異地）嘿，擱緊哦，北京語ㄙㄨㄟˋ學上嘴。（介紹）何永康，內地《大公報》記者。

△寬榮和他握了握手。

25場　某酒家　夜

△酒家內，宏隆、寬榮、寬美、文清、何永康、校長等人都在。酒意都已上了臉，但或因陌生或因久別之後的拘謹，場面仍顯得收斂。校長一直熱絡地叫宏隆吃菜，「五柳枝呢，你一定真久沒吃囉，來，用，用。」也要何永康吃，「何先生，五六ㄐ一啦，吃啦。」

宏　隆：（台語，向校長和寬榮）日本投降了，台灣現在啥款？

△寬榮看看他，一種奇怪的笑容。

校　長：（勉強地、很糟的國語）很好，終於回到祖國懷抱，看到青天白日旗。

寬　榮：（望了一眼校長之後，卻是淒然地笑著，台語）自己人，講腹內話，親像陳儀這款土匪也被祖國重用，對祖國，我看，也免太期待了！

△宏隆有點心驚地聽著。

寬　美：（抱怨地，日語）哥！

△何永康聽不懂，看看宏隆和寬榮，急切想知道什麼。

校　長：（打圓場）來來，不要顧講話，飲酒。

△文清察覺氣氛不對，但也隨著舉杯。

宏　隆：（喝了酒之後，似乎想掩飾方才的情緒，故意大聲地問寬榮）喂，娶未？（寬榮一愣，無奈地笑著，搖搖頭）連愛人仔也沒？（日語）沒用的傢伙呢！

寬　榮：我沒用？你呢？老婆在哪裡？

宏　隆：（笑笑地）在重慶。

寬　榮：真的？怎沒帶回來？

宏　隆：（依然笑著）過身了，才二十二歲。（指指自己的肚子）囝仔，四個月，空襲，炸彈落在防空洞外，裡面幾千人，驚，一起衝出來，踏死、悶死。

△寬榮及寬美表情乍變，文清不懂，看著他們。

永　康：很慘。那回他去找人，幫著抬屍體，抬了一夜，手都軟了才找著，臉都踩爛了，手還護著肚子。

△房間內剎那間靜下來，外頭有歌聲傳來。

寬　榮：（似乎想打破沉默）啊，流亡三部曲。

永　康：（驚異地）你們也知道嗎！

△寬榮跟著唱了起來。

△於是永康也唱了，宏隆最後也和大家唱起來。

△歌聲流到酒家外的整個山城。

26場　台金醫院　夜

△那歌聲傳入醫院的病房中，三哥呆滯地坐在床上，手腳沒綁了，三嫂正餵他吃飯。嚼著東西的三哥慢慢停住，三嫂又遞過一勺時，他略避開，轉頭

望著窗外，歌聲高昂起來，他似乎在忍住一種情緒，手微微顫抖著，三嫂詫異地看著他。

三　嫂：（輕聲地）文良……

△三哥望著窗外的眼睛泛滿淚光，滑下淚來。

三　嫂：（放下碗筷，輕輕扶住他的肩膀，驚異地，低聲地）文良……

△三哥轉過頭，整個臉柔和起來，看著三嫂，面無表情，卻抬起手，終於認出眼前的人，將三嫂緊緊地擁抱起來。

27場　小街道　午後

△難得的晴天，午後的陽光落在金瓜石的山谷和遠遠的海面上。冬末的明淨乾爽。

△日本民謠淡入，小街道上出坑的礦工零落走過，看著路旁一些日本人擺出來販賣的家當，整理得非常有秩序的衣物、碗盤、傢俱、老鐘、收音機等。那些日本人或坐或跪都顯得沉默和恭敬，他們對來看的、或看完離開的人都給予同樣的鞠躬。

△文清夾在礦工中走過來，四處看看，當他從一攤位抬頭時，愣了一下。
△靜子也跪在一邊，她的面前只有一台縫紉機。
△靜子看到文清走過，有點不好意思，但依然笑著，恭敬行禮。
△文清也笑著回禮，似乎想表達什麼，但卻思索著，靜子看看他，慢慢低下頭。
△隨著樂聲，我們看到一個旋轉著的留聲機，放在其他一些物品中，前面圍著一些工人，正好奇看著。
△「多少錢？」有人問，「嗨！」日本人回答著，「便宜喔！」有工人說著。

28 場　金瓜石小學　日

△稍暗的辦公室中，只有校長在他位子上，上課時間有小學生唸著國語課文的聲音和風琴聲，唱的是〈西風的話〉。
△校長也在唸中文，唸的是委員長的勝利告同胞書。唸得挺費勁的，他聽到敲門聲和日語叫校長先生。

△靜子似乎刻意打扮過，抱著一個長盒子，拎一個包袱站在門邊。

靜　子：（日語）打擾校長，請問，吳寬榮老師不在嗎？

校　長：（日語）早上才請的假，跟他朋友去台北，參加什麼記者工會成立式。

靜　子：（臉上迅速地閃過失望的神色，但又掩飾地笑）啊，這樣的呀。

校　長：（喃喃地抱怨）我不懂，跟他也沒關係，他去幹嘛。

△靜子遠遠走過空蕩蕩的校園，到操場中間緩緩停住，轉頭看著整個學校。她身後是陰霾的天色，遠遠傳來沉沉的雷鳴。

29 場A　金瓜石醫院　接前場

△窗外颳起了陣風，把窗戶砰地吹開，雨似乎要下了。

△寬美把窗關上，閂好，似乎怕驚醒什麼地走開。我們這才看到那是三哥的病房，三哥睡得安詳，三嫂坐在一邊打盹，手上仍拿著鉤針和毛線。

△寬美在門口看了看，走出去，把門輕輕帶上，長廊上有人走過來，喚她寬美將。

△靜子和一護士在遠處站著。

29 場B　宿舍　接前場

△寬美的房間裡，靜子和寬美坐在疊蓆上，盈耳的雨聲。靜子把那長盒子打開，是一把上好的竹劍。

靜　子：（低聲）請妳把它交給寬榮將，它曾是家父和我兩個哥哥最心愛的東西。現在，兩個哥哥都戰死了，家父也老了，用不上了，希望寬榮將能喜歡它。

△寬美鞠躬說：「哥哥一定會珍惜它，一定的。」

靜　子：（笑著，看著劍好一會兒才把它蓋起來，然後，把包袱挪到寬美面前）這個，是留給寬美將的。

寬　美：（有點驚喜）給我？

△靜子點頭，示意她打開。

△寬美打開包袱，是一件和服。

寬　美：和服？（輕輕地摸著）好漂亮！（忽然覺得不妥地合上）靜子將，我不能要，它太貴重了，一定是妳最珍愛的。

靜　子：寬美將，請務必收下。日後，在遙遠的日本想著自己珍愛的衣服，穿在寬美將的身上，那美麗的樣子……心裡會是多麼歡喜啊。

△寬美還欲推辭，卻見微笑著的靜子，眼中竟是盈盈淚光。

寬　美：（輕聲地）靜子將……

靜　子：（輕輕含著下唇，仍笑著）多年來，承蒙妳哥哥照顧……（似乎忍不住，彎身鞠躬掩飾著，哽咽地）非常感激。別後，但願彼此都永遠不要忘記……（卻沒起來，雙手捧著臉，身子輕輕地顫動著）

△寬美不知如何安慰，也忍不住地淚眼婆娑起來。

靜　子：（忽然抬起頭）就此告辭了。寬美將，再見了。

△靜子說完，急急起身，跨下疊蓆。

△竹劍，和服。

寬　美：（抹了一下眼淚，急站起來）靜子將，請稍待。

△靜子已快步步出，寬美忙從櫥內拿出雨傘來。

△雨中撐傘而去的靜子，一手仍掩著臉。

△門口隔著雨水的寬美，也是一臉淚水。（日本民謠〈故鄉〉淡入）

△靜子又停步轉身，朝寬美這邊鞠了一個躬，緩緩遠去。

△寬美。

30場　寬美宿舍　夜

△台金醫院的小庭院，花木依然殘留著水氣，燈柱上，夜蛾正繞著燈光飛舞。〈故鄉〉的音樂延續著。

△寬美正在燈下寫日記，有一隻飛蛾竄進來，不時撞打著燈罩。

寬　美：（O.S.起自本場開始）……後來，靜子就撐著我的傘走了，純情女子，背影孤單，午後冷雨正急——我忽然有這樣的、哀怨的俳句一般的酸楚——絕情的哥哥啊，我知道你也愛著靜子姊的，為何不勇敢的表示呢？難道，只因為我們曾是交戰的民族嗎？還是……（寬美停下筆，望著撞燈的蛾，那蛾後來停在燈罩上，她輕輕地撥開牠，想著什麼，才又提筆）黃昏，林文清又來跟院長換書、借書，兩人筆談甚久，同事美菊聽見他的笑聲，說：「真可惜啊，這麼明朗的男子，竟然會有那款缺陷。」這麼大膽的話，甚實也是我的心情啊！（寬美燦爛羞澀地笑了）

31 場　照相館　夜

△文清正忙著切照片，〈故鄉〉的歌聲迴盪著，有人輕聲跟著唱。
△留聲機放在屋內，一堆人正圍著看、聽。
△文清抬頭看了看，挺開心地笑。三嫂進來，和一屋子人尷尬地笑笑，文清迎過去。
△三嫂拉著文清到裡側，邊看看屋外的人，似乎有難以啟口的事。
△她比了半天，文清不懂，掏筆出來。

三　嫂：（小聲地）我，我也不識字，你拿筆哪有路用？我想要跟你借錢。（比劃鈔票的手勢）錢，你知否？

△文清會意了，從身上各口袋亂七八糟掏出一些錢來，遞給三嫂。

三　嫂：（比比自己，搖手）不是我要的，是你三哥（比你三，然後比了一個自己身邊勾手臂的人）要的。

△文清猛點頭，仍是笑。
△三嫂表情低沉下來，比了「三哥」之後，比比自己的頭，搖了搖，邊說：「你三哥，我實在沒法度。」

32 場　酒家連煙寮　接前場

△小酒家簡陋的門前，三嫂走到門口，猶豫了一下，才低頭進來。

△她進了裡面，一排房間，房門或關或開，有酒拳的聲音，歌聲以及男女調笑聲，她站在那兒不知所措。有個保鑣之類的人走過來，問找誰？三嫂說：「阮尪。」保鑣說：「這裡的男人，攏嘛人的尪，妳尪啥名？」「林文良。」「喔，彼棵半山仔喔？」他指指裡頭。

△三嫂朝他點了下頭，往裡走，某房間正好有一男一女，半醉摟抱地出來，差點撞到三嫂。

△三嫂尷尬地避了一下，仍往裡走，一肚子悶氣。

△後屋是一些隔間，安靜極了，房口垂掛著布簾子，隱約可以看到一些斜躺著的人。三嫂走入即聽見三哥的聲音，說：「全中國，最會做生意的，就是上海仔，若有錢可賺，什麼ㄎㄤ仔縫都會鑽，你給他看就好，阿山仔雖然兵仔先來，不過，若賺錢這方面一定上海仔先來。」

△房間內，三哥打著哈欠，正和紅猴瞎扯，紅猴倒聽得津津有味。

紅　猴：若按呢，你的時機就到了咧，你北京話、上海話攏會通。

△這時，三嫂來到門口，見他們在談話，看了一眼三哥，怨怨地站在那兒。

紅　猴：（不知三嫂身分，嘻皮笑臉地）哎喲，新姑娘仔呢，還避俗（含蓄）ㄍㄚ。入來啦，阮兩個隨在妳揀，我粗魯，伊斯文啦。

△三嫂一肚子火。

三　哥：（若無其事地笑笑）阮某啦。

△紅猴愣了一下，馬上站起來。

紅　猴：啊……喔，（尷尬地笑）是兄嫂人仔喔，失禮，啊我以為，啊（朝三嫂鞠躬）失禮……

三　哥：（依然躺著，閒閒地）伊姓江，囝仔伴。

紅　猴：叫我紅猴就好。

△三嫂沒講話，走了進來，紅猴看看他倆，知趣地說：「嫂仔坐，（朝三哥說）我再擱找你ㄍㄤˋ（聊）……」又跟三嫂致歉後出去，順手把簾子放了下來。

三　嫂：（把錢往小茶几上一丟，冷冷地）這是跟文清借的啦，咱是什麼環境你自己知，是無什麼田園厝地給你ㄅㄨˊ（燒、烤）這個。

△三哥聽著，沒說話，兀自去點煙，吸了吸，三嫂看著他的樣子。

△三哥把煙槍遞過來給三嫂。

三　嫂：我才不在ㄒㄧㄠˋ！

△三哥也沒堅持，又吸了一口。

三　哥：（聲音慢而低沉）這才是好藥，吸兩嘴仔，地獄隨時嘛會變天堂。

△三哥似乎又陷入某種情緒中，眼中泛出晶亮的流光，朝三嫂看著，極其柔和。三嫂對他似乎也有一點憐憫，疼惜起來。

△三哥把煙槍擱了，眼睛沒離三嫂，撐起身，三嫂低下頭。三哥忽然用力地把她推倒在煙榻上，激情撫吻她，喃喃地唸著「真久了……真久了……」

三嫂這時也激烈回應他。

△隔簾看著激情的兩人，很慢地，我們的視線退開。

33場　小酒家內外　接前場

△前面的小酒家內，依舊男女喧嘩。

△一對盲人夫妻和一個明眼的女孩正在紅猴和阿菊的小房間內唱著一首哀怨

的南管。

△紅猴和阿菊卻聽而不聞地，兀自悶悶地喝酒。

△三哥三嫂走出煙寮，穿過弄堂。三哥也許聽到南管的聲音，佇足看了一下，紅猴在裡頭正好瞧見，叫了聲，熱切地迎出門來。

紅　猴：文良……（見三嫂客氣地點頭）兄嫂。（朝文良）過癮了？入來喝一杯，潤喉啦。

△三哥笑笑，似乎有意，看了三嫂一眼。

三　嫂：不好啦，伊要回去病院啦。

紅　猴：人好好回去病院衝啥？多躺多艱苦而已啦。飲一點，血氣嘛卡會通，對嘸。（拉三哥）來啦，開講啦，嫂仔妳也同齊。

三　哥：我坐一下就好，吃藥的時間嘛還沒到。

三　嫂：（搶白）你裡面吃，現在又要吃一擺，病院的藥仔敢還用吃？

△三哥不悅地看她一眼。

△三嫂頭也不回走了，紅猴便把三哥拉了進去，阿菊禮貌地站起來。

紅　猴：（指指阿菊）阿菊仔，老伙計……嘻嘻……（朝阿菊）耶，不會給阮阿良哥敬一杯是不是？

△阿菊幫文良倒了酒，朝他舉杯，三哥和她一個眼神的對視。

34場　九份階梯道上　接前場

△階梯道上走了一會兒，紅猴看看三哥，忽然笑了起來。

紅　猴：耶，你北京語會通，跟阿山仔講有話，我若有生意要報你做，你敢要試看覓咧？

三　哥：什麼生意？

△紅猴四處看了看之後，把他拉到路燈下，從懷中取出一張東西。

紅　猴：我物件先給你看，不過，會成不成不清在（另一回事），你絕對不能讓別人知。

三　哥：（看了看）日本仔錢啊。要衝啥？

紅　猴：（神祕地笑）你看，有啥米沒同款？（三哥看不出名堂，前後翻著，紅猴指指鈔票）減兩粒印仔，有沒？（三哥這才恍然大悟地看看紅猴）

△紅猴把錢收起來，跟三哥離開路燈，又看看四周，才邊走邊說。

紅　猴：這是光復前不多久，日本仔印錢的工廠，疏開來咱這兒印的，機器安在坑內，咱這兒只印錢，印仔聽說在別所在印。你嘛知，現在銀行都阿山接收，伊們的中山袋仔若給塞個滿，再多也讓你換。印仔要仿較簡單，阿山仔若駛得行，咱一人一半。

三　哥：有多少？

△紅尸猴朝他曖昧地笑笑。

35 場　礦工宿舍　清晨

△曙色初現的礦工宿舍，已有炊煙。

△屋內，紅猴挪開地板上的雜物，拉開地板，拖出兩個布袋，打開，三哥拿出一大綑鈔票翻著。

紅猴母：（O.S.）猴——耶！

△三哥一驚，一個非常神經質的反應做出從腋間拔槍的動作。

△門邊暗處，一個頭髮灰白披散的老太婆站在那兒。

紅　猴：免驚啦，阮母仔。

紅猴母：猴耶，你吃晚未？

紅　猴：吃了啦。

△紅猴母一聽，嘮嘮叨叨地走出去。

△三哥驚魂未定地喘著氣，紅猴不知所措地看著他。

△紅猴母卻坐在桌邊，也沒點燈，吃起她的「晚餐」來了，蘿蔔乾嚼得卡拉卡拉響，稀飯呼嚕呼嚕地吸。

36場　台金醫院　上午

△台金醫院病房內，妾兄提著水果和其他食品，衣著光鮮地站在那兒。

△三嫂坐在病床的椅子上，低著頭，寬美和一護士站在她面前，那護士頗緊張。環境中有陳桑和護士在唸國語的聲音，很不標準，陳桑問「你哪裡不舒服？」護士一起合聲「我頭疼，我肚子疼。」「有沒有發燒？」「一點點兒。」

寬　美：伊昨晚歸晚攏沒回來？

△三嫂搖頭。

寬　美：幾點出去的？

三　嫂：晚飯吃飽出去的。

寬　美：去哪兒沒跟妳講？

△三嫂搖頭。

護　士：（有點抱怨地）妳也不跟他問，半夜我拿藥來，妳還騙我他上廁所。

寬　美：（攔住護士）小聲一點，院長知道就害了，我已經請他弟弟去找了。（朝妾兄）失禮哦，請稍等一下。

妾　兄：（笑哈哈地）不要緊，查甫人就要會歸暝找無人，才表示健康，嘿嘿……（朝三嫂）嫂仔，安啦，良桑整個人都給妳撿回來啦。

△陳桑仍和護士在診療室淡淡的晨光下苦唸國語，寬美和那護士現在也在那兒跟著唸，透窗看到文清和三哥走過。

△病房內，妾兄無聊地叼著煙，要帥地練習甩開汽油打火機蓋子順勢打火的動作，三嫂則在整理自己的衣服。

△文清和三哥進來，妾兄一看，把煙往地上一扔，指著三哥，興奮地說：

「良仔——幹你娘——」

△三哥急走過來，兩人拉手拍肩，妾兄全身上下看看他。

妾　兄：好噹噹嘛，幹，昨暝走哪風騷，害嫂仔跟護士攏找無人。

△三哥看向太太，三嫂沒理，兀自收拾起東西。

三　嫂：（草草合上包袱，朝三哥說）我要回去基隆顧囝仔。

△說著便往外走，文清覺得不對勁，看看三哥沒反應，跟了出去。

△三哥並沒特別反應，轉頭朝妾兄笑笑。

三　哥：伊這樣，我卡慣習，做兵前，跟阮大的在迌迌的時，阮厝每天都嘛在搬這齣的。

△三哥走到床邊，把擱在那兒的早餐拿起，呼嚕嚕地吃起來。

妾　兄：你敢認識兩個上海的兄弟仔，一個叫阿山，一個叫比利。

△三哥愣了一下。

三　哥：你怎認識他們。

妾　兄：（推他一下）幹，你真的認識哦，按呢生意做一半了！我跟你講，地球實在有夠小，前幾天，我跟你大的去北投玩馬雜（牌九），場仔內兩個上海仔聽講阮基隆來的，問阮講認不認識林文良。你大的最代先有一點仔顫，驚講不知是會不會你在上海跟人結怨，人走來找。五四三跟他們啼一睏，尾仔才知伊是要來找你排路線做生意的……（低聲）伊兩兄弟仔跟上海一些大官虎關係聽說不歹，想要來台灣走一些糖和米過去，現在這兩項都管制，聽講上海四界欠貨，利純有夠高，你大的講，這兩個你若識，若清潔，生意就能做。（自言自語地）日本人留下來的物件，你大的ㄊㄧㄡ一棟（賺一票），這攤若成，又擱吃咧到冬尾。

△三哥看看他，慢慢放下筷子。

三　哥：（笑了笑）你有沒有想要趁機會自己做一攤？

妾　兄：（也苦笑）幹，你大的個性你嘛知，看咱永遠是小的，伊哪肯放給咱出手。

三　哥：（笑了）不要給他知道敢不行。

△妾兄一聽，有點意外地興奮起來。

妾　兄：你，敢有什麼空頭？

三　哥：詳細代誌，以後才講，你先去基隆探聽看看，敢有那個嘴靜的，刻印的，還是做版的師傅。

妾兄：（興奮地）這哪有問題。（誇張地打了一下自己的額頭說）啊，幹，我帶一項物件，要來給你壓驚煞忘記，幹。（解下繫在褲頭的一個金質懷錶，拉過三哥的手放上去）你不要加講話，是要給你壓驚而已。

37場　小上海酒家內外　日

△三輛人力車正駛向小上海酒家。一車是三哥與阿山交談甚歡的樣子，二車是妾兄與比利，妾兄正向比利介紹街景，口沫橫飛，最後一部車則是嚴肅木訥的老表。

△門口這些人下了車，妾兄付錢海派，三哥則用上海話說裡面請，老表跟在比利、阿山後面四處看著進去。

△玄關處，大哥與柯桑站在那兒迎接，比利熱絡地和大哥招呼，大哥和比利、阿山握手後，朝他倆介紹柯桑。

大哥：（台語）這是我的結拜兄弟，柯的，日本時代是碼頭那邊的保正，現在同款，名不同而已，現在叫做里長。

△三哥翻譯，兄弟倆跟他握手之後，介紹老表。

阿　山：他是隨我們來台灣白相的朋友，叫他老表就可以了。

△大哥和柯桑也和他握手。

大　哥：裡面請。

△在一間榻榻米房間內，大哥、柯桑盤坐著，三哥居其間翻譯，與阿山、比利談事。老表較遠地坐在他倆後面，妾兄坐在柯桑稍後面。

38場　田寮港妓區賭場　黃昏入夜

△田寮港的港灣，破爛的船帆，舢板。

△妓區附近的雜亂與頹廢，一堆遊民圍在地上下棋，或吹牛，也有在小攤上喝老酒。

△妾兄和三哥進入賭場，裡頭煙霧瀰漫，全是台式的「武場」，馬雜、拾八等。

妾　兄：（打了幾個招呼後，問看場的人）有看到洛咕仔沒？

△那人指指裡頭，兩人走了進去。一個一個小房間，有人來帶領他們走進，背後有人叫「良仔」！

△三哥回過頭，房間門口晃出一個人，雙手撐著門柱，一臉冷冷的笑意。

金　泉：你沒死哦，嗯？怎樣？不認得哦？

三　哥：準燒成灰，聞味我嘛知你金泉，我就是聽講你在火燒島關沒死，嘸才拖半條命回來。

△妾兄聽他們的話意，有點尷尬。

妾　兄：你兩個也相識哦，莫怪這麼愛講笑。按呢啦，你兩個攏剛回來，哪一天，我來辦一桌。

阿　城：（O.S.）哪有那款代誌。

△走道那邊樓梯，下來了一個年紀比大哥文雄稍大一些的人，場子裡的人陪他過來。

阿　城：文良來我這兒行踏，我請不才對。

△他說著伸手和三哥握了握，攀三哥的肩，走向一特別的房間。

阿　城：能回來，攏是福氣喔。你二哥怎樣，敢有消息？

三　哥：沒咧，生死沒人知。（眾人進房間）你小的呢？

阿　城：死了，死在呂宋島，骨頭灰寄一ㄇㄧせ（小撮）回來，嘛不知是不是伊的。

△大夥入坐，粉頭們送煙具進來，洛咕仔隨後，在門口看到阿城，不太敢進來。

△三哥和洛咕仔點點頭。

阿　城：（非常知趣的樣子站起來）你若有代誌，你們去一乜咧講（躺著談），我不要攪擾。

三　哥：（也站起來）我這兒完，才來找你開講。

△阿城出去，又回頭幫他們放下簾子。

△（鏡跳）三哥恍惚的神情，煙槍含在嘴中，眼睛斜斜地瞄向一邊。

△洛咕仔和妾兄都沒吸，洛咕仔正拿著兩張鈔票在比對。

△三哥的神情。

洛咕仔：印仔是簡單啦。不過，色著要配到同款，就要找。我怕時間卡不赴，聽講，錢若改法幣或是國幣台灣流通券，這就不能換了。

妾　兄：（得意地）你做給伊成啦。阮走銀行內線，時間差一陣子是不驚啦。

△三哥一聽，咳了幾聲，妾兄知趣地住嘴。

39 場　礦工宿舍內外　清晨

△礦工宿舍在晨光中展露輪廓，有幾個人影走向宿舍。

△房間內，紅猴和阿菊躺在床上，衣衫不整。阿菊聽到狗叫聲，馬上睜開眼睛，看了死睡的紅猴一眼，去拉衣服過來，一票人已衝進來。為首的是金泉，紅猴才撐起身，一個麻袋已當頭蓋下，一陣猛打。

△阿菊被金泉拉到一邊。

金　泉：藏哪敢知？

阿　菊：我是要怎樣問，（急套衣服，喃喃罵著）人來這麼多是要死，害我光溜溜分人看。

△金泉沒理，走去紅猴那邊，紅猴悶叫聲，鄰居的狗吠。

△紅猴老母又披著頭髮快步過來。

紅猴母：猴一せ——你是吃晚未？

△金泉一愣，有人又把布袋往她頭上戴，她哇哇叫「死囝仔，你在衝啥？」有人用大木棒打下去，誰知一點作用也沒有，她仍叫「死囝仔，你反形啦，這樣打我……」金泉過去，用手朝她臉上劈，她終於軟下去。

△金泉勒住布袋口，悶聲朝紅猴。

金　泉：你那些日本仔銀票藏在哪兒？講！

△紅猴搖頭。

△金泉喃喃地幹了一聲，和眾人把他往廚房拖，拖到水缸邊。

△阿菊躲在門柱看，一邊理衣服。

金　泉：（拉掉布袋）要講嘸？（紅猴仍搖頭）

△金泉猛力把紅猴的頭往水缸按，紅猴手腳用力掙扎著。

△阿菊急閃掉。

△金泉見水已冒泡，掙扎的力氣小了，才把他的頭提起來，起水的剎那紅猴淒厲大叫。畫面曝白。

40 場　礦工宿舍內外　黃昏

△淡入黃昏的礦工宿舍，炊煙裊裊。

△礦工都蹲在屋外聊天抽煙，談的莫不是和時勢有關的話題，有人正說：「管伊天地怎樣變啦，誰給我們有吃有穿，下代仔有前途，我就擁護誰。

那吃沒，穿沒，好聽話寫到歸報紙，畫到歸壁，歸電火柱，你爸照常幹伊三代……」但忽然間都靜下來，看著前來的三哥和妾兄。

△女人及小孩也都注視著他們走進紅猴的屋子。

△屋內一片零亂，地板斷裂掀起，連牆板也都拆開來。

妾　兄：有人在家嗎？

紅猴母：（O.S.）誰人？

△這時，他們才循聲發現牆角如一窩破被堆在那兒的紅猴母親，頭纏紗布，滲著血跡，面前放著一些鄰人送來的吃食。

紅猴母：（無力地）來坐啦，你吃晚未？

妾　兄：歐巴桑，厝裡哪會這樣？

紅猴母：我哪知，鬼打到……

△三哥走前去看藏錢的地板，底下空無一物。

妾　兄：（仍不死心地）這啥人弄的，妳敢知？

紅猴母：我哪知，鬼打到。

三　哥：呀紅猴呢？現在在哪裡？

紅猴母：在病院，鬼打到有影。你，吃晚未？

△兩人彼此看了一眼，三哥轉身快步走出，妾兄跟出去。

41場　街道　黃昏

△小街上的雜貨店，三哥正在挑水果。

△店老板和妾兄則站在外面看著遠處。

△遠處一堆人圍著，嘈雜不堪，群眾似乎非常激動的和裡面的人吵著。

三　哥：（挑好水果，朝老板喊，口氣挺衝的）你生意是要做嗎！

△老板才一回頭，外面人群中冒出槍聲，群眾走避。

△三哥也出來看，但見兩個便衣粗暴地拖著一個瘦小的男人，後面跟著女人，小孩哭叫著：「大人啊，原諒一擺啦，伊剛做軍伕回來，沒頭路，不才會來賣煙，大人啊！」

△便衣理也不理，硬拖那人上吉普車。

老　板：抓偷賣煙的啦。

△三哥看著那便衣用槍柄敲打拉住車門的女人手之後揚長而去。

妾　兄：（大聲罵道）幹你娘，老百姓就若禽獸？沒天良，幹！

三　哥：（朝妾兄冷而低沉地道）去給伊追，給伊打死，人給伊帶回來！（妾兄一愣）不敢嘸？不敢就靜靜，顧自己。

△三哥把挑好的水果遞給老板秤。

△街道上，人們朝著車子去的方向站著，無聲地站著，逆光，無力的背影。

42場　台金醫院　接前場

△醫院前廊，在蒼白的燈光下清爽的玄關和地板讓人彷彿聞得到消毒水的味道。

△配藥室裡，寬美正在配藥的小檯子上寫日記。

寬　美：（O.S.）四月二日，近來物價飛漲，廚房歐巴桑說米一斤漲到十七元，為了省錢，改煮麵條給大家吃，聽說是上海運來的麵粉，大家吃麵不習慣，剩下一大鍋，我卻吃了很多。昨日夜班很忙，今天補記。四月三日，哥哥今天來跟我借車錢，去台北，聽說和林宏隆去幫朋友競選參議員，他上個月的月給到現在還沒發，哥哥好像不在意，也許他有那樣多的好朋友在一起，就覺得幸福吧。除了林老師，像記者何先生我也喜歡，也許是他稱讚我國語進步很快，所以我喜歡吧。昨天深夜把林老師叫我讀的書讀完，魯迅先生的《阿Q正傳》。中午開始讀哥哥借我的書，好厚哦，不爭氣地想睡覺，是露西亞的高爾基寫的，書名叫《母親》……

△門外有護士叫寬美，她把日記掩起來，套上筆，往外走，門外是提著東西的三哥和妾兄。

寬　美：林桑……（可愛地上下端詳他）耶，我卡ㄍㄚ意你現在這樣，健康元氣。

三　哥：攏是妳照顧的，嘛給妳們很多麻煩。

△寬美故意「肯定」地笑著說「嗯！」

三　哥：（也笑了，把手上的東西遞給她）這一點伴手，就是要來跟妳們說謝的。（把東西一擱，不等寬美推辭馬上說）順便探聽一個人，這幾天敢有一個叫紅猴的人住進來？

寬　美：有，不過，過身了呢。

△三哥和妾兄全愣了。

寬　美：厝邊把伊送來時，都已經量沒血壓了，人還放在太平間，警察說暫時不能動，聽說要找一個酒家女叫阿菊仔。那個人是林桑的？

三　哥：朋友。（掏出口袋內布做的小錢袋，把錢全數倒出來）我人不在這，卡沒方便，警察若講可以落葬的時候，這些拜託妳拿給伊老母相添。（朝妾兄）你那兒還有嗎？

△妾兄一聽也掏出錢袋，一捲細好的鈔票，解開數著，三哥拿過去抽了兩張還給妾兄，然後把錢交給寬美。

三　哥：這些……也拿給她。拜託。（略鞠躬）

△寬美「嗨」了聲。

43場　教員宿舍　夜

△狹窄的宿舍內，連床上都坐了人，寬榮、寬美、林宏隆、何永康、文清，還有其他幾個老師，每個人的心情似乎都不太好，遠遠有悶雷的聲音。

宏　隆：一個政府聘用的老師，竟然領不到薪水，你們說，這是不是笑話。我們到縣府去，反而被訓一頓，（站起來，學那訓人的樣子）你們，身為老師難道忘了，老師本來就是神聖清高的工作嘛，國難當前，不能共體時艱嗎？

△眾人無奈地笑著，文清在旁弄著何永康的相機，只宏隆站起來時，才詫異地抬起頭看。

△寬美拎著茶壺進來，替大家添茶，然後坐在另一邊，聽著他們的談話。

寬　榮：我更慘，我說要是全省都不發也罷，怎麼其他縣發，就我們不發？我問他，聽說是縣當局把薪金挪去囤積物資，想趁通貨膨脹，賺一筆，再發。話沒講完，那人的眼睛就睜得這麼大，那種國語，我也不太懂，只聽見說我是不是共匪，造謠什麼。末了的話，我倒懂了，他說，八年抗戰死很多人，才救了台灣人，（靜了一下，幾乎是一個字一個字說）你們還不知道感恩，他這麼說。

永　康：也不是每個大陸人都會這麼說，老吳。

△眾人看看他，笑了笑。

某老師：我們也相信祖國會給我們帶來新希望，可是，都快一年了，反而糟，就最平常的米來說，早先台灣的米都有出口，現在反而不夠了。有些工廠，光復當初還生產東西，一接收，連機器都給運走了。

宏　隆：我們只能這樣想，這些人，是來台灣發財的！國民政府，如果再任陳儀公司這樣下去，（他抬頭看看何永康）老何，準備好你的筆，台灣遲早會有大事，到時你可要作證。

△場面忽然寂靜下來，雷聲夾著閃電響起，雨傾盆而來，寬美起身把窗子關起來。

△文清看看沉默的眾人好一會兒，想到什麼似地，走過去搖留聲機，音樂響了起來，所有人這時才看向他這邊。

寬榮：（笑了笑朝大家）文清說他聽不見，把那東西送給我，還跟我說，好可惜，這輩子也沒機會學國語。這年頭，要聽不見，看不見，會比較幸福吧。

△眾人苦笑著。

△文清見眾人笑，自己就開心起來了，坐下來，看林宏隆張嘴跟著哼。寬美體貼地拿桌上的紙筆坐了過來，在紙上寫字給文清看，文清不時看著紙面，看寬美，兩人以眼神交談。

寬美：（O.S.）你放的是很有名的歌呢，叫〈羅蕾萊〉。德國一個古老的傳說，他們說，很久以來，萊茵河畔有一個年輕美麗的女妖，就叫羅蕾萊。

她總是坐在河邊的岩石上，梳著她閃亮的金髮，唱著歌，她的歌聲甜美醉人，船上的水手經常被她的歌聲迷住忘了方向，船啊，就常常撞沉在岩礁上，人也被河水吞噬了，可是，第二天，羅蕾萊還是那麼醉人地唱著，萊茵河還是靜靜地流著……

△文清怔怔地望著她，彷彿陷入某種極遠極深的回憶中。留聲機的樂曲淡出，平安戲的鑼鼓弦音淡入。

43場A　戲台　日

△戲台上盛妝的花旦，五彩晶亮的頭飾流離閃爍。

△戲台前，幼年的文清，站在長板凳上，撐著油紙傘，入神地看著。

文　清：（O.S.）小時候，我也曾經被平安戲裡的花旦和她的唱腔迷住過，也不知道為什麼，也想學唱戲，好跟那個花旦親近。

43場B　祠堂　日

△在「至聖先師孔子」神位的下頭，文清正興高采烈戴著柚子皮，學唱戲的

樣子給其他小孩看，老師突然來了，抓掉他的柚子皮，要他站在孔子神位前。

文　清：（O.S.）不過那是十歲以前的事了，聽得見聲音的時候，我還記得火車的聲音呢。記憶裡最後的聲音是從龍眼樹上掉下來，樹枝「喀嚓」斷掉的聲音，當時，只知道腿傷了，頭很痛，有一陣子，都不能走路。

△平安戲的聲音淡出，另一首世界民謠淡入。

43　場C　教員宿舍　夜

△留聲機樂曲和著嘩嘩的雨聲，遠景中的眾人仍談著什麼。

△文清在紙上振筆疾書。

文　清：（O.S.）後來，很奇怪，也不知道自己聾了，是父親寫字告訴我的，一樣覺得好玩，比如漢文老師怎麼罵，我也聽不見，看著他的臉一動一動的，還把他當成戲裡的三花仔，那時，還小啊……

△文清寫到這兒，自己忍不住想笑，抬頭看寬美，卻停住了。

△寬美眼睛竟已泛出淚光，儘管帶著笑容，樣子教人心疼。

△文清看著她。

44場　小上海酒家內外　黃昏入夜

△小上海的招牌，跑燈明滅閃爍，門前有三輪車下客及排班。酒客的喧嘩流洩出來，已有外省腔調的勸酒聲，以及周璇的假嗓小調，和在台灣話及日本歌當中。

△酒家內的住處，阿坤正在天井中，朝天空丟銅板練功夫，有一女孩站在欄杆旁看著，頭隨著銅板的上下微動。

△阿坤失了一次手，撿起銅板，瞥了那女孩一眼，更加賣力地丟著，接著。

△內間，三哥浸在褐黃藥汁浴桶中，阿公站在旁邊，用手攪拌了一下桶內的水，撈一點起來聞聞看。

阿　公：喂，啊頭殼不浸落去說！

三　哥：這，臭嘎。

阿　公：臭？鴉片就香？我跟你講，你若現在驚臭，不戒，以後財產給你吸了了，子孫仔不要臭幹你，吃老你就知，不定著死路邊給狗拖，那時陣才是臭，連名聲都臭。

△說到一半，三哥已「逃避」似地忍耐著把頭埋進去，直到受不了才伸出來，換氣。

△三嫂又提著一桶熱騰騰的藥汁來。

阿　公：給套落！藥仔繼續滾，繼續套。

△三嫂果然給倒下去。

三　哥：（藉機發洩似地大叫）幹！卡小利咧啦！脫皮啊啦！

阿　公：（怒聲斥道）溜皮最好，最好是把你唐山傳回來的歹色德（壞德性）都溜溜掉。

△三哥瞪了三嫂一眼之後，不敢再講話，三嫂提桶子出去，阿公看看三哥之後也出去。

△妾兄在廚房外的小桌上吃飯，吃相難看，挾一塊看一塊，而且是挑菜中肉吃，有一女傭端熱湯出來。

女　傭：（恭敬，細聲地）喝酒啦。

△妾兄一嘴東西，點頭，望著她進去。

△阿公走出來，妾兄看到，半站起來。

妾兄：（含糊地）歐几桑，吃飯啦。

阿公：吃飽了啦，誰像你們，沒早沒晚。

妾兄：（吃了吃，忽然問）歐几桑，（指廚房）那個查某是誰，哪沒見過？

阿公：庄腳一個親戚啦，尪戰死在菲律賓。我叫伊帶查某子一起來住，厝裡逗三工，（妾兄哦了聲）怎樣，你若尬意，卡乖咧，別和文良褲頭結相襪，黑白來，我給你做媒人。

△阿公説著，也不理妾兄一臉「驚嚇」兀自往外走。

△妾兄吃完飯，咬著火柴棒，大聲小聲地吸著牙縫，走到天井，兩腿張開，蹲在那兒看阿坤丟銅板，也看看那女孩子。

妾兄：喂，妳叫啥名？

女孩：美靜。

妾兄：美靜，嗯，有影就對，美麗又文靜。（朝阿坤喊著）喂，坤仔，你阿公這麼疼你，你看，連媒都給傳來在這兒等了。

△美靜一聽，害羞地跑了進去。

△妾兒笑著看，回頭時，卻見阿坤在一邊一臉殺氣地瞪著他。

△然後阿坤忽然撲過來，猛踢猛打妾兒，妾兒先是開玩笑地擋，後來被打疼了，有點翻臉，邊叫：「喂，你ㄒㄧㄠˋ呢，擱ㄒㄧㄠˋ我是要變臉哦！」阿坤沒理，死命地纏上去打，後來妾兒火了，大叫：「啊，你這個囝仔，我替你老爸給你教示……」阿雪衝出來，拉架，叫道：「阿坤，好了啦，不要再讓你老母生氣了啦。」拉不住，直到阿公悶叫聲：「阿坤！」他才停手，但仍死盯著妾兒看，阿雪拉著他。

阿　　公：（朝阿坤）入去！

△阿雪拉了阿坤進去，一邊自己也不滿地白了妾兒一眼。

阿　　公：（朝仍在一邊喃喃抱怨那兒被踢腫了、那兒破皮的妾兒說）阿坤大漢了，每句話都聽入心，你自己要卡節咧，在他面前嘸通一隻嘴黑白講。

△屋內，阿雪在跟阿坤講些什麼，阿坤低著頭。

△暗暗的角落，美靜孤單地坐在那兒，遠遠傳來酒家的聲囂。

45場　田寮港妓區賭場　夜

△田寮港晚景空鏡。

△三哥與妾兄打扮整齊地穿過妓區，妾兄仍不時和人打招呼。阿菊風塵打扮迎面走來，一見三哥低頭快步穿過。三哥原本沒注意，直到她擦肩過去，才想到什麼似地回頭過去，但阿菊已擠入人潮中。

△賭場內，兩人一進來，看場的便走過來，朝三哥做了個「裡面請」的姿態。

妾　兄：人伊改掉了啦，這下，不是要來開錢，是要來賺錢的啦。

△三哥走到馬雜桌那邊看著，轉桌時，卻見比利與金泉從通往煙舖的門口出來，三哥愣了一下。

△金泉及比利也看到他。金泉和比利握手告別進去，比利朝三哥走過來，一臉笑。

比　利：（上海話，指指裡頭，低聲地說）那人把我當老土，還跟我吹噓煙土，都不知道我有更來勁的。下一批貨，九月初七到。

△三哥眼神頗閃爍地看比利，也看向通道那邊。

46 場　港邊　清晨

△港口的早晨，颱風來前陰霾的天氣。

△那邊，苦力們從一舊貨輪上扛下一包一包放下來的麵粉，妾兄不時回頭四顧，看向自己家的方向。

47 場　妾宅　同前場

△妾的房間裡，床上被褥零亂，文雄似乎剛起床，裸身只披上衣，肚子圍著毛護兜，露出胸口的刺青，正用奶瓶餵著懷中的嬰兒，奶色淡褐是米奶。

48 場　港邊　接前場

△比利已從一袋麵粉中找到記號，妾兄幫他拖出麵粉，取刀劃開袋子，摸出油紙包，妾兄回頭，略驚。

△遠處，大哥抱著嬰兒站在陽台上朝這邊望著。

△妾兄暗示了一下比利，比利回頭一望，背身將油紙包塞入衣服內，快步離去。

△妾兄跟在他後頭，走向轎車。

大　哥：（O.S.）少年的，等咧。

△妾兄和比利愣住。原來大哥從一側過來，還沒等他倆有反應，大哥已近身，探手摸摸比利胸口，伸手進去，掏出油紙包。

△比利朝前走一步，大哥從背後拔出貼身短刀，比利傻了。

妾　兄：（悶聲驚呼）姊夫！

△大哥沒理，舉刀劃開油紙包，用手沾了點，摸摸，放進嘴裡嚐了一下，用力吐掉。

比　利：（一臉讒笑）林先生——

大　哥：（用刀指他）你靜靜，（轉向妾兄）你跟他講，叫伊大的阿山來找我，我不願跟伊講。

△大哥說完往裡走，妾兄和比利愣在當場。

49場　妾宅樓下商行　接前場

△事務所內，大哥沉著一張臉在泡茶，桌上擱著那包白粉。另一邊，妾兄坐

著，妾的父親，以及焦慮的妾都面對著他。

妾父：（壓低著聲音）要死你自己去，賺這款錢，也不驚拖累眾人。

妾兄：我不會拖累你們啦，抓到至多槍殺我！

妾父：（火了過去打他，手沒力用腳踢）講到ㄏㄧㄚ好聽，你前（畜）牲你，槍殺就能ㄙㄨㄚˋ？你下地獄，閻羅王都會把你下油鼎，過刀山，賺這款害人錢，一張銀票上面幾條命你敢知？麵粉是文雄入的，你那款物件夾裡面（又踢他）還說不拖累人。

妾兄：物件怎樣進來，也不是我主意的。

妾父：不是你，不是你伊自己會生腳爬入去麵粉內，那麼嘟好又是文雄的貨，講笑話。

妾兄：（停了一下，才低聲說）那攏嘛文良和比利他們安排的。

△門外有人影，進來的是柯桑，看看大家，走向文雄。

文雄：（沒站起，指指桌上的白粉冷笑著）飼老鼠咬布袋！

△柯桑走過來看看那包東西之後，轉頭看妾兄，眾人沉默，外頭有汽車到達開關門的聲音。

△文雄看了一眼妾及妾父，兩人上樓去。

△阿山進來，比利一副「犯罪」的樣子走後面，老表跟在最後，一進門，即左右看了一回。

△阿山嚴肅地走向文雄，伸手和他握了握，一眼即看到桌上的白粉。摸摸，轉向比利。

阿　山：（上海話）這是你的東西？

△比利一點頭，阿山即摑比利一巴掌，比利一個踉蹌。

文　雄：（台語低聲）好啊，叫伊免搬戲啊。

△柯桑過去攔住阿山，老表機警地跨步過來，柯桑看他一眼。

阿　山：（上海話）我賠罪，家弟的事，我一定發落。（看了一眼妾兄）

妾　兄：（翻譯給大哥）伊講失禮，比利，伊回去會教。

文　雄：那是他家的事，你跟伊講，這些物件放我這，我雄仔若有錢可賺，什麼生意攏敢做，只有害人生命的生意不做，以後我會注意，若擱給我知影一遍，大家散股，沒第二句話。

△妾兄翻上海話給阿山聽，阿山直點頭，老表和比利則盯著文雄和柯桑看。

50場A　田寮港賭場　晨接前場

△賭場中，三哥顯得精神渙散，衣衫都有點離位。
△這一把翻牌，三哥牌一扔，把他面前的錢丟向莊家之後，伸手探了一下自己的口袋，朝後躺在椅背上，抹了一下臉，有剎那的失神。
△莊家做好牌，欲發的時候，他沒下注，站起來拿上衣離座，眾人看看他。
△廁所中，三哥叨著煙小便，忽然眼神一亮，想起那天夜街上錯身而過的一個女人。

50場B　妓院內外　晨同前場

△外面下雨，三哥冒雨進妓院時，院內非常安靜。
△有一妓女正倚門蹲著，幫一男客穿鞋，男客看了一眼三哥後離去。妓女看了看三哥，眼神有「你要不要」的意思。

三　哥：（冷靜地）阿菊仔在哪一間？

△女人醋意地白他一眼，指了稍遠的一間房間。
△三哥把口袋裡一些亂七八糟的錢塞入她衣服上襟走了過去。

妓　女：阿菊仔有人客住夜呢。
△三哥沒理，到房間門口敲門，沒人應，又敲，還是沒人應，破門而入。
△房內男人叫了聲「幹你娘，衝啥？」阿菊則表情驟變，胡亂抓了件衣服，
裹住身體，奪門往外竄。
△三哥追出去，扭住她。
三　哥：紅猴誰殺的？那些日本錢誰拿去的！
阿　菊：（故意大聲地）我不知啦，我不識什麼紅猴白猴啦！
三　哥：妳仙！不知？（用力扭她的手）
阿　菊：（痛，大叫）救人哦！殺人哦！
△房間陸續有人探出頭來，三哥硬拖阿菊往外走。
△三四個保鑣狀的男人衝了過來，為首赫然是金泉。
金　泉：喂，人放咧。
△三哥見是他愣了一下，遂了解一切地笑了一下。
三　哥：咱，又相睹了。（把阿菊推向他）
△三哥理了一下衣服，欲往外走。

金　泉：（悶聲喊道）你也想要這樣走出去？

△金泉拔刀，衝向三哥，三哥雙手迎上握住刀身，血滲了出來。

△金泉略一驚，欲抽刀，三哥仍緊握，咬牙。

51 場　妓院外街道　晨同前場

△雨中人力車濺水而過。

△車中坐的是妾兄與大哥，到了田寮港妓區，妾兄跳下車，冒雨入院。

△大哥也跳下車，在簷下點煙。

△沉寂的妓院，忽然衝出三四個人追著一個人，遠遠地，只見被追的人抓著一把圓凳擋。

△大哥不以為意看著。忽然愣住，拋下煙。

△亮處，三哥的臉看得清，一身是血正陷入危急中。

△大哥衝入雨中，撲向那群人。

△金泉看到大哥愣了一下，大哥已撿起凳子，迎面打了過來，金泉被打倒跌在牆邊，再過來的人也被大哥踢倒。

△三哥血水狼藉，歪在雨水中。

△妾兄等人從院內衝出，大叫姊夫！

△和大哥對打的小鬼一見有人衝來，逃竄而去。

△大哥脫下衣服，扔給妾兄，指地上的三哥。

△大哥走向牆邊的金泉。

△金泉掙扎坐了起來，看著面前的大哥，像一堵牆站著，露出身上的刺青，雨水從堅實的肌肉上滑下來。

大　哥：起來！ㄨㄚˋ來！

△金泉瞪著他，站起來，握好刀，想撲上來，大哥喘著氣，沒動，這時傳來阿城的暴喝「金泉仔——」。

△阿城穿拖鞋、睡衣，有人舉著傘護他，出現在現場。

△正為三哥裹傷的妾兄也看著。

阿　城：（指著金泉罵）伊啥人，你不認得啊！眼睛屎糊的是否，死死進去啦！

△金泉看了大哥一眼，緩緩地往內離去。

△阿城走向大哥。

阿　城：雄仔，猴囝不識你，我賠罪，入來裡面，衫稍換一下。

△大哥看他一眼，看向妾兄那邊，妾兄已把三哥背起來，人力車跑了過來。

大　哥：歹勢，小弟我先帶回去裹藥仔，另天才來ㄗㄚˋㄗㄨㄛˋ（打擾）。

△大哥上人力車，摟住三哥，車在滂沱的雨勢中遠去。

△雨中的阿城，面無表情地看著。

52場　小上海廳內　日

△廳外的簷下，雨勢稍歇，水珠在簷邊累積，斷續地滴落。

△三哥已裹好傷，疲倦地歪在椅上，姨婆正餵他喝一碗熱騰騰的參湯。大嫂和三嫂在收拾血衣，及擦拭地上血水。

△阿雪的弟妹擠在門邊，探頭看著大廳。

△阿雪替父親用藥水推背，大哥仍打赤膊。阿雪揮手叫弟妹們進去。

△弟妹們沒動，一見阿公進來時，全躲進去了。

阿　公：（朝三哥罵）你若擱這樣舞落去，咱歸家伙子人都要跟你去死！可惡，你！你生雞蛋的沒，全在放雞屎給別人拖……（在廳內喃喃地走著）幹伊祖媽卡好！你爸林阿祿的兒子也有人敢殺，駛伊娘！你爸就不信田寮港人，胸坎都安鐵板！

△阿公說他的，屋內所有人都沉默。

△濕溚溚的妾兄接柯桑和一殺氣挺重的人進來。

阿　公：柯的，你去ㄔㄨㄢˊ人，ㄉㄨㄟˋ我來去田寮港一趟！

大　哥：多桑……

姨　婆：祿仔，入去裡ㄊ一ㄝ啦，幾歲人，卡認份咧啦，代誌給雄仔去發落就好啦。

△大哥叫了聲多桑，阿公看看他，這才喃喃地和姨婆進去。

△柯桑、大哥和那保鑣沉重地在說些什麼。

△大嫂端著血衣和抹布過來，喝斥在門邊的孩子們。

大　嫂：看戲是否，囝仔人沒你們的代誌。

53 場　古宅　日

△颱風天，風狂雨急，行人稀少。

△古宅內也許停電，顯得黝暗。窗外透進來的光線，隨著外頭大樹的搖晃，在屋內牆上，及在座眾人的身上、臉上灑下悸動的陰影。在座的人有阿城、大哥、柯桑、阿城的跟班一人，以及中間人鑽石嘴。

鑽石嘴：（話從本場開始不久，就用O.S.方式出現）風颱天……大家還看我鑽石嘴的面子來我這兒坐，誠意我看免多說，朋友做這麼久了，什麼代誌攏可參詳的，時機對咱大家在地已經真不利了，若被官廳那些阿山湊囉，了錢不打緊，煞落沒面子，不定著自己兄弟又要送火燒島。講講散散去！阿城，你看怎樣？

阿　城：我的囝仔先動手，是有卡不對啦。不過，代誌攏是對九份仔紅猴那些日本錢牽來的，那些錢，金泉講，紅猴是吃伊下腳一些猴囝仔的，金泉替兄弟去討，紅猴不吐，才會出代誌……金泉講的，我想有理，伊敢騙別人，我，伊絕對不敢白賊。

△鑽石嘴看看大哥。

大　哥：紅猴死都死去ㄌㄧㄠˇ啊，金泉怎樣講，不信嘛無法度，阮小的被殺也被殺去了啊，我總沒叫伊去殺回來。（看了一眼阿城）鑽石嘴有誠意，咱面子愛給伊，話再多也是加的。那些錢，我看三一三拾一，金泉一份，阮小的一份，另外一份分給紅猴的老母過日，你想怎樣？

△阿城似乎在斟酌什麼。

鑽石嘴：有理啦，按呢有理啦。

阿　城：錢是金泉他們的，我替他們做主是卡過分啦，不過，我會跟伊講看看。

大　哥：（看看他，有點笑意）你若正經講，伊豈敢不聽？

△阿城望著大哥的表情，意思極清楚，正如他的話，軟中帶硬。

54 場　田寮港某巷道連日式餐廳　夜

△風雨仍大，巷口的屋簷下好像站了兩個人，看不清楚是誰。

△一輛吉普車過來，燈光射到兩人身上，我們才看到那是比利和金泉。

△吉普車停下來時，比利和金泉急撐傘迎過去，下來了三個人影。

△阿城坐在日式的餐廳裡，聽到人聲站了起來。

△比利和金泉肅立在門口，做了迎迓的手勢，進來的是阿山，以及兩個理平頭穿中山裝的人。

△阿城笑著，莫名其妙行舉手禮。

阿　山：（上海話，朝那兩個人說）就是這位，阿城。想知道整個基隆誰在作怪，問他可最清楚，對咱們，可是忠心耿耿。

△那兩人看他，鞋也沒脫，濕溚溚地就上榻榻米，朝阿城說：「好，很好。」

△阿城忙不迭地說：「ＬＯＺＯ，ＬＯＺＯ（請）。」

55場　小上海內外　日

△颱風過後的景象，天仍陰霾，一地狼藉。

△小上海的招牌也被打壞了，工人正在檢修。

△內屋的客廳，阿城、金泉、柯桑、大哥及妾兄在談什麼，桌上放著水果禮盒。阿城打開另一包東西，推給大哥說請點一下。大哥看了一眼。

△阿公坐在他的太師椅上，靜靜抽著煙。

△然後那一群人全站起來，阿城領著金泉，恭敬地走到阿公面前。

阿　城：歐几桑，來ㄗㄚˋ ㄗㄨㄛˋ（打擾），真歹勢。（指指金泉）猴囝仔本來想要跟良將ㄞ ㄙㄚ˙ㄗ（致意、問候）一下，那麼剛好，不在。

阿　公：（語氣平和，卻語意凌厲）第三的回來ㄌㄧˋㄠ頭殼稍微痼樣，有在沒在，都同款，你們得同情伊這個廢人，後擺在外面，伊若有啥不對，你們來跟我說，我來教示給你們看，好嘸？你們千萬給我拜託一下。

阿　城：（尷尬地笑笑）這樣，我來走。

阿　公：好。若看得起我這個老伙仔，有閒才來開講啦。

△柯桑和妾兄送他們出去，大哥送到廳外，回身看著阿公。

阿　公：不是空哦（有問題）。甘帶人又拿錢來ㄑㄧㄝˇ（了事），那棵囝仔哪有這麼識代誌（這麼識大體）……要小ㄌㄧˋ（小心）。

大　哥：我知。

阿　公：還有，你那個查某的小弟，吃相真歹，吃一塊看一塊，那款人，貪。不要太惜情……若被他黏住，有一天，被他賣不知，還跟伊說勞力（道謝）。啊，孫子嘛抱回來給我看看，看見圓或扁……

△這時外頭有小孩的喧嘩聲說：「四叔，給我照相，嚓一下……」阿雪開心地跑進來說：「阿公，四叔回來了。」

△門口果然是一臉笑意的文清，招呼進來的是寬美和寬榮。阿公和大哥真誠地迎了過來，跟他們握了手後，大哥只笑著愣在那邊。

阿雪：（推了一下爸爸）多桑！

大哥：（笑了）歹勢，遇到讀書人，我就怕開嘴……

寬榮：別這麼說。

△然後寬榮說到颱風過去，回四腳亭探看災情，上九份之前陪文清回來。阿公說吃這麼老了，沒見過這麼大的颱風，問他家裡如何，聲音轉成背後，前景是阿雪和寬美兩個女孩，她們彼此笑著。

寬美：妳一定是常給四叔寫信的阿雪，對不對。

阿雪：寫得不好。是四叔要我練習的，他還叫我多看書，說眼睛才會金。（可愛地笑了起來）

寬美：你們都很聽他的話哦。難怪，妳嬸嬸也寫信給他，叫他要勸她的小孩唸書。

阿雪：是阿坤（看了一下阿公那邊，小聲地說）他說不想唸初中，要跟阿公學武功。

△寬美也笑了，望向那邊，文清也正關心地朝她們這邊看，一臉笑。

56場　診所　黃昏

△簡樸、明淨的診所內，阿坤低頭坐著，寬榮正和他在談些什麼，文清也在紙上寫字給他看。

文　清：（O.S.淡入）爸爸是阿公最疼的兒子，因為他最會唸書，阿公疼你，一定也覺得你會跟爸爸一樣。而且，現在你是家裡唯一的男人，是媽媽和妹妹未來的依靠，一定不能讓在海外的爸爸失望。

△廚房裡，二嫂和小女兒安靜地忙著，只有洗菜的水聲。

△診所內所有東西都擺得好好的，聽診器、病歷表、鋼筆、桌上的花，白鐵盤上的針筒像每天都重新拆下，重新消毒過一樣。

△阿雪和寬美在裡頭看著。

阿　雪：（低聲地說）嬸嬸每天都相信，二叔今天會回來……一回來，就要開始看病人了……（話搭在前面空鏡上）

△寬美靜靜地看著、聽著的神情。

△書房裡羅列的書籍，醫學之外有不少文學作品，樂譜架上的樂譜，舊而精緻的小提琴琴盒，角落裡，貝多芬糾著眉頭的石膏像，牆上的橫幅「無常」兩字，及二哥的全家福照片。

文清：（O.S.落在前面的畫面）二嫂，我們從小就認得的，是我表姐。小時候，我住在鄉下外婆家，就最喜歡找她，也不嫌我頑皮。後來，我聽不見了，也是她最照顧我。她決定嫁給二哥時，我興奮得睡不著，因為兩個我最喜歡的人都在一起了……那就是我二哥（全家福照片），我拍的照片。出征前，一家人都穿上好的衣服，二哥還叫阿坤和妹妹站到書架邊，刻下兩人的身高，說要永遠記住他們眼前的樣子……

△O.S.到最後，落在文清正在書房內筆談告訴寬美和寬榮。

△說到身高，文清放下筆，走到書架指給寬美和寬榮看，三人正看著那刻痕時，不知道繫著圍裙的二嫂走近門口，也許想請他們用飯吧，而此刻卻也忘了，怔怔地站在那兒。

57 場A　基隆街道　晨

△闃寂的基隆街道，收買空酒瓶的收舊貨人正踩著三輪板車滑過，唱著當時的「有酒矸通賣無」。

57 場B　小上海酒家內外　晨

△早起的阿公正在天井內練拳，舒展筋骨，外頭有人敲門在叫「祿阿舍！祿阿舍！」

△傭人邊穿衣服邊去開門。門一開，一隊持槍的憲警衝了進來。

△阿公走出來，也幾乎被撞倒。

阿　公：你在衝啥小！沒王法了嗎！

△里長無奈地站在門邊。

里　長：（愁苦地）伊叫我帶路，要抓文良，講伊在上海是漢奸。

△屋內，憲警魯莽地四處奔竄，用力踢開房門，掀棉被，驚燕嗶叫，小孩則被嚇哭。

△有一年輕兵士踢開房門，看到阿雪正好欲出來，站在門邊，兵士和阿雪都僵住了，兩個都是那麼青春、柔和的臉龐。很短的一個對視之後，兵士跟

探頭進來看了一眼的人又跑了出去。

△三哥仍在熟睡，嘈雜聲驚醒後，聽見阿公在下面大叫：「幹伊祖公，阮文良若漢奸，你就是台奸啦！里長是要顧厝邊的，你煞在放虎咬人，駛你祖媽卡好！」三哥急起床，拿衣服，聽見里長故意地大叫：「我嘛知文良不是，不過現在ㄐㄧㄝˋ（辯）也沒用，我若文良，我就先走才講！」

△三哥一愣之後跳下床，三嫂扯斷脖子的金項鍊塞在他手中。

△里長聲音仍延續，朝上頭叫：「千萬不通想要跟人講道理，這落時代，若有道理可講，狗也有四腳褲可穿！」

△阿公看著他，這才回頭看屋內，一堆人跑了出來求助地看著阿公，小孩哭叫著。

△屋裡傳來令人心驚的連續幾響槍聲。

△所有人被槍聲驚呆了，一片沉寂，小孩也沒哭了，然後又是兩聲槍響。

58場　妾宅　晨

△大哥和妾正熟睡，忽然有踢門的聲音，他爬起，隨手撈起床邊的木劍，赤

膊踱向門口，妾亦起床，本能地抱起嬰孩護著。門外腳步聲傳來，大哥舉木劍時，外頭妾兄叫：「雄仔，緊起來！」

△大哥拉開門，妾兄一臉驚嚇。

妾　兄：緊走，田寮港賭場有風聲，講人要來抓你。

△此時，門口有汽車開來的剎車聲，兵士跳落地悶聲叫：「門開著，衝進去！」

△大哥遲疑望了妾一眼。

妾　兄：（大叫）緊走啦！

△妾兄拉著大哥往後陽台跑，兵士衝上來看到。

△妾兄及大哥翻過陽台往地下跳，赤膊赤腳的大哥落地時，一陣痛苦，幾乎站不起來，妾兄回頭扶他跑，天空傳來一兩聲槍聲。以及小孩驚哭的聲音。

59　場　柯桑宅　日

△柯桑宅稍暗的房間內，接骨師正替大哥推拿，大哥咬著牙，額頭冒出汗珠

來。

△妾兄驚魂甫定，茫然坐在一旁，聽到人來的聲音，本能地一震。

△進來的是柯桑，看了大哥一眼，坐到他身邊去。

柯　桑：良仔抓走了，著槍，地上攏是血，抓代（抓去哪兒），人款攏不知……

大　哥：是怎樣來抓也不知？

柯　桑：有人檢舉，說恁兩兄弟都漢奸。

△大哥愣了一下，忽然用力敲了一拳茶几。

柯　桑：氣啥。你也不是不知，這個時代，要害人用這步最有效，殺人免用刀。

△大哥沉沉地喘著氣，沒作聲，接骨師看了他一下之後又開始替他推拿。

60場　台北某官員日式住宅　日

△某日式房子，站著一個衛兵，槍夾腿間，人靠牆在吃香蕉。

△玄關處一個小竹籠內裝著龍蝦九孔，外頭貼著一小張紅紙，水正汩汩地流過水泥地。

△客廳內，大哥、柯桑恭敬地面對一個官員模樣的人。

官　員：（台語）這款代誌，找我沒啥路用，我湊不到那兒去。軍方說，檢舉的內容真實在，尤其是你小弟在上海怎樣替日本人做地下工作人員，怎樣跟上海黑社會交湊，攏有證有據，你也同款，講你跟日本人勾結，偷賣物資。

柯　桑：（陪笑）伊小弟在上海的代誌，免講你嘛知，是不得已的，日本時代，日本人叫咱做啥，咱甘敢講不？

官　員：是啦。所以我們現在也在運動（活動），請中央不要將台灣列入去漢奸戰犯檢肅條例，若成，你兩兄弟就卡沒問題。（看看大哥）卡忍耐咧，台灣人哪咪（一下子）是日本人，哪咪是中國人，哪咪又是台灣人……（笑了笑）歹做人！有什麼代誌後攏你別出面，你通緝中，不小心會害到別人。

△說著官員站了起來，兩人也跟著站起。

△兩人坐在玄關處穿鞋，身旁正是那籠生猛海鮮。

61　場　監獄門外　日

△柯桑和一個囚犯在會客，旁邊站有衛兵監視。

△柯桑走出監獄。

△遠處樹下，一輛轎車停在那兒，車內的大哥望著柯桑過來。

△柯桑一進來，車子便開了。

柯　桑：不准會客，有一個兄弟在裡面，伊講叫咱要緊把良仔ㄓㄨㄥˊ（弄）出來，若沒，會剩半條命。

△大哥悲憤地把頭轉向街道旁，看到街旁新漆的標語「效忠領袖，建設台灣」。

62場　北投賭場　夜

△北投賭場內，主觀視線穿越過雜亂的外場，在一著和服內將（女中）的引導下進入一小房間。

△小房間內的賭局顯得高級多了，是麻將局，每個旁邊都有女人坐著，阿山背對鏡頭。

△老表坐在角落的沙發上，正在看一本類似《三國演義》的線裝書。

△同桌賭客都抬頭看著來人時，老表也抬頭，機警地站了起來。

△來人是柯桑，靠近阿山講些什麼。手放口袋內，也許有槍。

△阿山朝老表看了一下，示意勿妄動。

△走廊，柯桑和阿山走著，老表跟在後面。

△到一房間，柯桑拉開低門，迎面坐著的是大哥，妾兄坐一邊。

△柯桑俟老表進來後把門拉上，貼著老表站著。

大　哥：歹勢，打攪你打麻將（妾兄譯成上海話）。別讓賭腳等太久，我明講（妾兄譯），文良現在在籠仔內，我知道你跟大官的關係很好（妾兄譯），我按呢跟你拜託，給伊出來，在過年前出來，給我們團圓一下……（妾兄看了他一眼之後等了一下，才譯過去）

阿　山：（笑了笑）你這樣講就見外了，林兄的事，就是我的事，我一定儘量。不過，老實說，我的關係是在政界，軍方，我不一定找得到門路。

△妾兄翻譯過去。

大　哥：叫伊不要講那些五四三的啦，禮數，我有ㄔㄨㄢˇ（準備）來啦。

△說著也不等妾兄翻譯，從桌下取了一包東西放在桌上，打開，是那包當初被他沒收的白粉。

63 場　小上海酒家內宅　晨

△林宅的清晨，阿坤正在推石磨，美靜在一旁舀米下石磨，兩人皆靜，只有石磨的聲音。

△大嫂則在幫美靜母親壓米漿。

△阿雪和文清在阿雪房內談，兩個人都很嚴肅，大哥快步走了進來。

大　哥：妳跟四叔仔講，台北通知咱去接三叔回來，叫伊緊去。

△文清寫著什麼，轉頭朝大哥。

阿　雪：四叔仔說，你要不要一起去？

大　哥：我還在通緝，是要按怎去。

△阿雪看文清寫。

阿　雪：（唸）元旦，已經宣布台灣不列入漢奸戰犯檢肅條例，你沒代誌了。

大　哥：妳跟伊說，法律是隨在他們設，隨在他們解釋的，不要太給他們信。

64 場　小上海酒家內外　日

△一輛三輪車來到小上海，文清先跳下來，車上是三哥，臉色蒼黃。

△文清和車伕扶三哥下來時，三嫂率先跑出來，然後是阿公，大哥等一家老少。

△三哥朝門口的家人們看著，一種似笑非笑的表情。文清扶他下來時，一個踉蹌，文清猛抱住，突然從三哥的口鼻冒出汩汩的鮮血來。

△三嫂爆出哭聲，大哥衝過來，橫抱起三哥，快步跑入屋內。

阿　公：（大叫）緊去拿傷藥仔來！

△大哥放下三哥，沉默著，用手抹掉三哥鼻口的血跡，三哥的眼睛眨也不眨地望著他。

大　哥：（喃喃地）卡有元氣咧，到厝啊，免驚。有聽到嘸？免驚。

△三嫂掩臉背過身去，不禁哀號起來，大嫂和阿雪去扶她。

△姨婆拿傷藥來，文清接過，姨婆忙把阿公扶到一邊去坐。

阿　公：（開聲罵道）哭？新年頭舊年尾妳在給我哭！

△大哥托起三哥的頭，用湯匙灌他藥，一如他幫兒子餵奶時一樣。阿公哽咽的聲音說：「我ㄉㄧ幹伊三代……我……駛伊祖公……」全場無聲，下一場鞭炮聲震耳響起。

65 場　小上海酒家外　日

△春節的炮獅。鞭炮硝煙覆天蓋地淹沒過來，獅身及男子的裸身在硝煙裡若隱若現的奔騰著，無數鞭炮從半空及地面扔向獅子，舞獅的男子及獅頭迎向它，毫無懼色。

66 場　妾宅　午後

△冬日午後，陽光懶懶曬著港口，停泊的小船搖晃著，水波有一下沒一下地拍打著碼頭，整個世界似乎都在打盹兒。

△大哥睡在妾宅的房間裡，兒子睡在他旁邊。遠遠有槍聲，也像鞭炮的聲音，他睜開眼睛，坐了起來，四處看了看，怔忡間，彷彿又聽見槍響。

△他小心地不驚醒兒子，跨下床來。

△陽台上的大哥，遮著斜陽，看向整個海港，全城一片死寂。

△妾從廚房門口看了一眼。

△大哥靜靜站在金黃色的陽光下。

△妾端出了茶具，大哥泡著茶。

妾：哪不再睡一下子？

大　哥：剛才夢到阮老母，很少年，我還是小孩，過年的款（大概是過年的樣子吧）？我記得五六歲的時，也是要過年，厝裡沒半項，阮阿母拿一些金子叫阿爸拿去賣，那陣子，阿爸賭ㄍㄚ若ㄒㄧㄠˋ仔，阮阿母叫我跟伊去，到半路，阿爸叫我回去，我不，伊煞把我綁在電火柱，錢拿咧，嘛是擱去賭。偏偏手氣好，ㄒㄧㄚˋ（拚）一晚，我就這樣給伊綁一晚，頭垂垂嘛照睏……

△他說完啜了一口茶，人變得寂寞而溫柔。

66　場A　老屋　日

△消瘦的老婦躺在床上，約二十多歲的大哥坐在床邊，老婦拉著他的手，低聲說話。

母　親：我眼睛若閉，這間厝，你就要擔。你老爸不靠咧（不可靠）。小弟愛顧，知否。第二的，我沒煩惱。第四個是破相，不過人伊有手藝，再沒也可以開一間寫真館。文良，我最驚，人ㄔㄨㄥ ㄅㄨㄥ（莽撞）擱ㄉ性ㄉㄝˇ

（壞脾氣），做代誌無頭無尾，伊只驚你一個人，你愛把伊拉ㄏㄡˇㄅㄧㄠˇ（拉緊他），知否。

△大哥點點頭，母親放心看著他笑，然後極累地閉起眼睛。

66場B　妾宅　午後（接66場）

△大哥端茶坐在那兒，半閉著眼，仍沉緬在那深深的回憶中。

△妾兄匆匆地進來，叫著「姊夫，姊夫⋯⋯」。

△大哥睜眼看他。

妾　兄：（莫名的興奮）喂，天地又翻了呢，昨晚台北大稻埕抓煙的打死人，起花（開始亂），歸台北聽說ㄑㄧˋㄤㄑㄧˋㄤ滾，今天有人去找陳儀講道理，那棵土匪叫兵仔用機關槍掃，掃一下歸台北看到阿山就打，現在咱這嘛開始了，警察局都佔起來了！阿山仔走若飛咧！幹！

△他講到一半時，妾抱小孩出來，聽著。

大　哥：（冷冷地）啊你跟人家歡喜啥。

67場A　戲院前　日

△街道有點亂，石塊、酒瓶扔了一地，遠遠有一輛車子被一群人翻過去，點火，轟的冒出濃煙。一名穿中山裝的人從巷中跑向鏡頭來，後面一堆人拿木棍、刀子之類東西追殺，嘩叫著：「搁走，好膽邁走！你爸要給你知影台灣人不是在好欺侮！」

△中山裝的人跑到鏡頭前，槍聲密集響起，那群人轉頭潰散而逃。人去後，街面上多了一個不動的屍體，以及一個受傷猛咳嗽的人。

67場B　台金醫院門外　日

△醫院內，一外省人驚魂甫定坐在那兒，上身只披衣服，胸部斜綁著繃帶，護士正替他打針。另一邊一個則是典型的台灣鄉下人，一臉是血，陳桑正為他做簡單的手術，疼痛嚎叫著，寬美在旁幫陳桑止血。

△醫院門外，穿陰丹士林旗袍的女人和一中年男人正被一群人圍住，男人已受傷，群眾仍拉著他打，女人似乎驚恐過度，跪在一邊猛拉自己的頭髮乾嚎著。

陳　桑：（O.S.）好——啊！

△我們看到一臉倦容的陳桑從玄關那兒快步穿入群眾中，白衣上血跡斑斑。

陳　桑：病院是在救人，不是在殺人的所在！給我這個醫生一個面子。

△陳桑去扶那中年人，有人仍趁機踢他，陳桑轉頭瞪著踢他的人吼。

陳　桑：踢死這款卒仔，咱敢就會出頭天？

△陳桑的眼神，一種壓抑的憂憤無遮地流瀉出來。

△診所內，寬美拿開水給那女人喝，撫慰她用並非很好的國語說：「這裡很安全，妳不要再驚了。」

△她回身欲走回病室時，見文清、寬榮和陳桑一起走過來，寬榮正和陳桑談什麼，文清揹著一部相機。

寬　榮：（低聲朝寬美）我要和文清去台北。

寬　美：（不安地，日語）哥！

寬　榮：（仍低聲）林老師吩咐人來叫我去，何永康失蹤了。台北，也需要人。

△寬美看著寬榮，關切之至。

寬　榮：別人若問，都講不知。嗯？

△寬美點點頭。

△寬榮和文清走了，兩人的背影。寬美忽然叫聲哥，寬榮回頭，文清不知，仍往前走。

寬　美：伊沒聽一せ，你要給伊顧。

△寬榮點頭，轉身時，卻見文清也停步，轉頭看她。

△寬美。

68　場　火車內外　日

△汽笛長鳴，急駛的火車。

△車廂內乘客不多，沉靜得可怕，忽然幾聲短促的汽笛響過之後，火車剎了一下，緩慢下來。有人朝外看，寬榮和文清也開窗看。

△遠處有人跳車竄逃，有人追了過去，更遠處有上升的黑煙，焚燒車輛或輪胎的黑煙。

△文清舉起相機欲拍，寬榮阻止他，做個手勢，說他下去看看。

△寬榮跳下車時，幾個人來圍住他，問些什麼，又突然散開，去追一個逃竄

的人。

△隔壁車廂傳來喧鬧聲，有人快步穿過這個車廂，文清看到一個少婦懷抱嬰兒，牽著小女孩倉皇地走來，文清拉過她，她嚇了一跳。

△文清指他隔壁的位子，叫她坐下，接過她的嬰兒，做了一個噤聲的手勢。

△暴民手持鐮刀、鋤頭柄及武士刀過來，見人即用台語或日語問「你叨位的人？」被問的都害怕回答。

△暴民走近文清這邊，才張口問那婦人時，文清忽然站起來，用很大的聲音，以及有音無意的「話」喊道：「我叫林文清，基隆人，伊是阮某子！」

暴民甲：（一愣，粗魯地）你是在講哪一國的話？嗯？

△文清聽不見，有點慌地左看右看。

暴民乙：阿山仔啦！聽嘸擱在那兒假！

△說著挨過來欲拉文清，寬榮正好跑過來，推開那暴民。

寬　榮：伊臭耳聾啦，叫伊按怎聽有！（暴民看著文清）伊老爸是基隆阿祿仔舍，伊兄哥叫林文雄啦，認得嗎？

△暴民離開，又去問別人。

△直到寬榮拍文清叫他坐下來，他才跌坐下來，一逕地顫抖著。

69場　何永康宅內外　夜至早晨

△台北某條街道，路燈很暗，街上零亂的有石塊、棍棒、冒煙的餘燼、翻倒的車子。

△寬榮、文清和那母女三人站在巷內的陰影中，敲門，好一會兒，才有台語的女聲問：「誰人？」

寬榮：我，吳老師，阿英是否？

△門這才咿呀地開了，阿英急招手要他們進來。

寬榮：先生回來了未？

△阿英搖搖頭。

△進門入了玄關，把椅子架到貼牆的餐桌上後，阿英朝天花板上輕叫。

阿英：（國語）太太，是吳老師。

△天花板掀上去，何太太探出頭來看，爬下，然後扶兒子下來。何太太兩眼

紅腫，似乎哭了好久。

寬　榮：對不起，來晚了，林老師呢？

何太太：去找永康，一直沒消息，我女兒也還沒回來。

寬　榮：去哪裡了？

何太太：在女師附小。下課，我不敢出去接，不會連小孩也打也殺吧。（哽咽起來）

寬　榮：我去找找看。（拉過文清）這是我和永康的朋友，叫林文清，她是……

婦　人：（直接用國語）我姓姜，他們在火車上救了我。

△婦人就和何太太談起來，不外是事情怎會變成這樣之類的。寬榮則掏紙和文清筆談，文清頻點頭。

寬　榮：（朝何太太）他留下來陪你們，我就去學校。

△鏡跳文清把燈放低，用紙將燈罩圍起來。大家坐下，一起圍桌吃飯，小男孩看著燈，突然大聲用國語問：「媽，電燈為什麼要穿衣服？」

△何太太噓了一聲，大夥無聲地吃飯。吃著吃著，燈卻熄了，女孩哇地哭了起來。

婦　人：（低聲）別哭，台灣人來了！

△女孩不再哭了，阿英拿來蠟燭點亮。外頭有聲音傳來，由遠而近。

男　聲：（O.S.）這兒誰藏阿山仔，你們敢藏我就敢殺，厝給你放火燒！

△阿英緊張地拉過何太太家人，要他們再度躲回天花板。

△窗外，天漸漸亮了，文清歪睡在沙發上，身上蓋著毯子。有敲門聲，何太太跑了出去，阿英也從廚房跑出來。

△阿英在玄關處拉住何太太，自己走到門邊問「誰人？」「吳老師。」

△阿英打開門，是寬榮牽著小女孩，何太太抱著女兒便哭起來。

△收音機的O.S.起，是陳儀宣布解除戒嚴及事件處理詳情。

70場A　金瓜石某日式民宅外　早晨同前場

△在陳儀廣播的O.S.中，淒風苦雨中的金瓜石谷地。

△民宅外撐傘佇候的寬美，失神地凝望著。宅內陰丹士林旗袍的女人拿了衣物、熱水瓶、臉盆等東西出來。

70 場B　台金醫院　上午

△陰雨裡的台金醫院。陳儀的廣播O.S.連續。

△陳桑坐在旋轉椅上，似乎睡著了，聽診器仍掛在頸間，鬍渣在下巴凝成陰影。

△他背後的收音機。

△窗外，五六個病人和護士正圍在那邊聽收音機。陳儀O.S.止於此處。

△病房內，傷者睡著了，有一小孩對著玻璃哈氣塗鴉。

△陰丹士林的女人在走廊盡頭灌開水，清潔婦來來回回地推著抹布擦地板，一邊高聲交談。

甲　婦：這是要再打多久啦？咱敢打會贏？

乙　婦：會啦，咱人親采也比阿山卡多。

甲　婦：歹講哦，咱人敢沒比日本仔卡多，不是同款被管死死……阮頭的講，連菊元店裡的物件都被搬出來燒燒掉呢，夭壽哦，連毛織的衫也燒呢！

乙　婦：這樣哦討債有影！要知，嘛來去撿幾件回來穿。

△陰丹士林的女人捧著熱水瓶踩過她倆方擦過的地板，兩婦人抬頭看她一

眼，用抹布抹去她的腳印之後繼續擦地。

△收音機嘰嘰啾幾聲過後，忽然傳來台語的廣播：「各位同胞，勝利已經一日一日接近咱，只要咱台灣人有錢出錢，有力出力……」在這O.S.聲中，兩婦人仍努力地擦地。

71 場　台金醫院　日

△雨後初晴的天氣，醫院窗口有婦人把棉被拿出來曬，用木棍撲打著。

△配藥室中寬美正工作，窗戶有人敲了敲，她轉頭一看是文清，髮亂，一臉于思。

△寬美開門讓他進來，拿了紙自己先寫。

寬　美：（O.S.）台北怎樣？我哥呢？

△文清接過筆寫。

文　清：（O.S.）妳哥沒代誌，是伊叫我先回來的。何先生已平安回來……

△文清把紙遞給她，寬美才看了幾眼，聽見空咚一聲，文清昏跌在地上，臉色蒼白。

△寬美緊張地扶他。

△床上的文清，另一護士正替他打針，緩慢推著針筒，寬美在一旁憂急地看著他。

文　清：（O.S.一直繼續）當天混亂的時候，何先生西裝襟上別著報社徽章，所以沒被打，後來躲在朋友家。台北，很亂……妳哥和林老師都沒睡，每天去公會堂開會，也是鬧鬨鬨，妳哥曾失望地說，我聽不見，反而是福氣。我不懂，真的不懂……

72場　山坡　日

△晴朗的天氣，海天一片清澈。

△山坡上一地早春的陽光，文清坐在那兒，虛弱的身體，失神地望著遠處。

△便服、素淨的寬美拿著一個手提包從階梯上走了來。

△文清看到她驚喜地愣了一下站起來，陽光和爬坡的關係吧，寬美紅紅的臉頰，一臉笑意。

△她大方地坐在他身邊，打開皮包，拿了一本書和紙筆寫著。

寬　美：（O.S.）今天休息，去照相館找你，學徒說你在這裡。怕你病中無聊，給你帶來一本書，是哥哥借我的。

△寬美把書遞給文清，文清看封面，日文版，是克魯泡特金的《互助論》。

△文清看了寬美一眼，笑著，打開扉頁，見寬榮的一行鋼筆字，寫的是日文：「同運的櫻花，儘管飛揚的去吧，我隨後就來，大家都一樣。」

寬　美：（拿過筆紙，寫著，O.S.）日本人最愛櫻花那種「在最絢爛時即不猶豫地凋零」的壯麗，他們認為生命就應該這樣。哥哥曾經告訴我，明治時代，有一個女孩，從瀑布上跳下去自殺，遺書上寫著，我不是厭世，也絕非失意，而是為了自己像花一樣的青春，不知如何是好，那就像花一樣地飛揚去吧！那時，好多年輕的人，都被這個少女的死，和她的遺書振奮起來。那時，也正是明治維新，熱情燃燒的時代啊……

△寬美寫著，不時停筆看著文清，寫著寫著，自己也感動激昂起來。文清入神地看著。

△最後，兩人毫不迴避地，彼此怔怔凝視著。

73場　宿舍　夜

△燈下的寬美，日記本攤在桌上，她卻失神地坐著，筆在手上，嘴角是淡淡笑意。

△有護士叫寬美，領著一個氣喘不歇的小男孩過來。

74場　照相館內外　接前場

△寬美和那小男孩沉默且快步走向照相館。

△照相館的門開著，小男孩打開之後，正在燈下筆談什麼的寬榮和文清都回過頭來。

寬　美：哥！

△寬榮滿臉于思，腿簡陋地綁著木板和粗布，血跡滲了出來。

△寬美看著他的樣子和腿傷，眼淚一下子冒了出來。

寬　榮：（低聲）不要哭，哥無死已經真佳在，陳儀調兵來了，一路殺到台北，死很多人。

寬　美：啊，現在要按怎？

寬　榮：處理委員會的人已經抓很多去，林老師失蹤了，我可能也跑不掉，恐怕得走來內山（山中）先躲一陣。

寬　美：你腳這樣，是要怎樣去，最沒也要等腳好。

寬　榮：不能在這兒等，若被抓到，你們每個都有代誌。

△文清聽不見他們在說什麼，望著他倆。

75　場　輕便車道　黃昏近夜

△寬美護送寬榮返家。兩人無語地坐輕便車上，在轆轆的車聲以及推車人的喘氣中，家鄉正慢慢淪入夜色中。

76　場　吳宅內外　夜

△吳宅門口暗暗的，透過圍牆，房內有黃黃的燈光。兄妹倆在遠處廊下望了一陣，寬美扶著寬榮繞道巷內的側門。

△寬美小聲地敲了一陣門，終於有人過來，伴隨著狗叫聲。門一開，中年婦人愣了一下，迎入他們，邊看看門外，隨即轉頭朝屋內喊「頭家娘——」

△餐室，方才開門的婦人正忙著替他倆準備碗筷。

△母親坐在一旁，喃喃地說著拭淚。

吳　母：你們哪通給我這樣替你們煩惱！憲兵警察，一天來一趟，戶碇踏到將要平去，莊仔內若抓一個，我就顫一擺（嚇一次）……

△家裡的兄嫂、小孩陸續進來，紛紛朝寬榮寬美沉默地探望。

吳　母：咱哪得這樣，咱過咱的日子敢不好？

△寬榮聽著，瞧見什麼似的想站起來。

△吳父，典型的小市鎮知識分子，略胖，五十多歲，出現在餐室前。

寬　美：多桑。

△吳父走過來，看看寬榮和他的腿，忽然一巴掌打在寬榮臉上。

△全家靜靜地看著。

吳　父：厝內沒你的位，吃飽，款一款（收拾一下），有人會帶你去內寮仔咱田佃（佃農）那兒避，寬美在家幫包藥，一腳步都別給我出去！

寬　美：多桑，不過，我沒跟陳院長說，衣服也沒拿……

吳　父：（轉向她）我在煩惱你們的生死，妳ㄍㄨㄛㄚ（只）在煩惱妳的衫？

△吳父瞪著寬美看，直到寬美低下頭。

77場A　台金醫院宿舍　日

△台金醫院，黏膩的梅雨季節。已是兩個月後。

△院長室外，幾個護士等在門口。

△隔窗，院長正在安慰穿便服的寬美，最後拍拍她的肩，寬美朝他鞠躬後走出。

△護士們迎向她，陪她走，問著什麼。

△宿舍，寬美拉開門，看了一下。打開衣櫥，取出皮箱，發現桌上有一封信，她連忙拿起，撕開看著。

阿　雪：（O.S.）寬美姐，昨日金瓜石有人來通知，小叔被軍人抓走了，爸爸有去山上找妳，醫院說妳回家去了。基隆也抓了很多人，爸爸忙著探聽消息，見不到小叔，只有聽說，小叔和國校的林老師有關係，阿公說，連聾子也抓，到底有沒有天理。我不知道妳家的地址，所以寄到這裡給妳，希望妳很快回來，很快能看到這封信。當我想著小叔的這個時候，眼淚就又流下來了……

△在O.S.進行中，跳下一場。

77場B　照相館內外　日

△大哥和小學徒在講話，小學徒啟開門。

△大哥走進去，屋內的擺置好像家常日子正在進行的時候忽然被中斷了。桌上仍攤著書，擱著一枝紅鉛筆。

78場　監獄內　晨至日

△囚室內小鐵窗外的天色，將明未明。

△囚房內的四人皆清醒著，或坐或臥。外頭士兵來回巡視的腳步聲。

△有一文氣的囚犯，正寫著一張小字條，仔細折好，塞入領帶內，文清看著。

△許多腳步聲遠遠走來，間雜鑰匙叮噹聲，四人屏息聽著，腳步聲在門外停了下來。

△四人彼此相望，沒有哀戚之色，反而是一種認命的平靜。

△門開了，一個軍人跨進來，看看四個人，看看手上的公文。

軍　人：李英杰。

△那塞紙的中年人站起來。文清沒聽見，不知是怎麼回事，其他兩人立起身，朝那人伸手握了握，文清也伸手。

△那人正了正領帶，朝他們三人深深的鞠躬，說：「莎喲哪拉。」

△然後出去，門隨即重重地關起來，文清掩住耳朵，痛苦的閉起眼睛。

△鐵窗的天光。

△牆角的文清，淚水無聲落下，爬濕滿面。

△門又開了，兵士進來，文清看著。

軍　人：林文清。

△兩中年男子望向他。知道是自己，他把眼淚抹乾，站起來，一樣和兩人握手。

△牢房的通道，文清被兵士夾在中間走著，無聲的世界。他看到一張張臉孔關在鐵柵裡朝外吼叫，一切無聲。鐵門一道一道打開，關閉，最後一道鐵

門打開時，劈頭是耀眼的陽光，畫面曝白。

79 場A　小上海酒家內　日

△屋內，林家一家人正在吃中飯。三哥萎頓地坐在一邊，有一下沒一下地撥著粥。

△三嫂端著碗，強拉兒子坐下來餵食，小孩不聽，被揍了一下哭起來。

△三哥無動於衷地喝粥。

△阿雪用盤子夾了一些菜，放在托盤內，和一碗白飯，端向裡面。阿公看著，沒說話，兀自一口一口地吃著飯。

△文清幽暗的房間，桌上放著飯菜，他站在窗前像一具泥塑剪影。正午的窗外，陽光白花花。

79 場B　難友宅　日

△無聲的世界中，文清在榻榻米上打開包袱巾，裡頭是一套西裝、襯衣和領帶。他恭敬地推向一個婦人，婦人身邊跪坐著三四個潔淨的、穿學生制服

的孩子。婦人攤看衣物，極力克制哭聲，然後朝文清行禮，頭幾乎碰到蓆面。

△文清伸手過去，拿起領帶，從裡面掏出那張字條遞給婦人。婦人緩緩地打開，看著，放在衣物上，摟住大女兒泣不成聲。

△字條，日文：「你們要尊嚴地活著。父親雖死於牢獄，但請相信，父親無罪。」

80場　小上海內　黃昏

△端午節前夕的廚房，水氣瀰漫，大嫂領三嫂等人忙碌地包粽子。

△傭婦把煮熟的粽子撈起，掛在簷下，溚溚地滴著水。

△寬美走進內廳時，阿雪正在管教屋內所有較大的小孩，排成一排寫功課。

寬　美：（低聲）阿雪。

△阿雪回首看到寬美，提著一個中型的皮箱，站在那裡。

阿　雪：寬美姐！

81場A　二嫂診所　夜至日

△寬美和二嫂坐在燈下，無語地，靜靜看著稍遠處。餐桌邊穿制服和妹妹一起做功課的阿坤。

寬　美：（低聲）阿坤，還是好孩子哦，沒讓妳失望。

二　嫂：妳哥哥和文清不知怎麼講，他聽進去了。（笑了笑）這款時代，書讀多，也不一定好，讀書人（指指腦袋）這會想。像妳哥，像文清，讓人煩惱啊。

△寬美的神情。

△診所的客廳，二嫂在縫補衣服。寬美望著窗外，仍是綿綿的梅雨。

△大門推開來，寬美看見阿雪和文清走入，共撐一把傘。傘是阿雪拿著的，手上還提著一串粽子，文清半邊的衣服都濕了，茫然地跟進來。

△隔窗寬美的淚剎那間湧了上來，伸手去擦。

△文清進屋，看到寬美，愣在那兒。

△寬美朝他笑著。

二　嫂：（拉拉看著他倆的阿雪說）粽拿進來灶腳。

△阿雪和二嫂進去，廳中剩下他們。

寬　美：（O.S.）身體好嗎？（文清點頭）收到我的信？（文清點頭）哥哥失蹤了！

△寬美快步走去桌邊，拿了筆紙。

（文清點頭）你知道？（文清沒表示）

△兩人沉默了好一會兒，寬美又寫。

寬　美：（O.S.）我……離家……（文清看看紙，看看她，寬美臉紅起來）家裡，有人提親……

△文清望著她，沉默了，兩人長久的對視。

△然後，文清拿紙和筆過去，寫著。

文　清：（O.S.）我見過妳哥哥，不能說出地點。在監獄的時候，有人託我帶口信，去找人……

81場B　雜景　日

△三峽街道，文清走進一家中藥舖，他在紙上寫下「冬虫，千隻」，店主看看他。

△店主和文清坐軟轎走在汐止的山路裡。

△一農舍中有人出迎，是一個黑瘦的中年人，店主介紹後，文清遞出筆紙。

老　洪：（O.S.）我姓洪，他們都叫我老洪。

文　清：（接過紙筆寫，O.S.）獄中，有人傳話，指定告訴你，只有兩個字，「古井」。

△一些年輕人圍在井邊，正拉著繩子，撈起一箱箱東西。

△有人把箱子移到一邊，店主和老洪用釘挽撬開，裡頭是一支支用油布綑著的槍。

△文清看著。

△山中一處廣場，傳來陣陣殺聲，一群青年正在操練，赤袒著上身，用竹槍對著紮綑結實的稻草人練劈刺。

△寬榮也在其中，一臉汗水，淒厲的。

△文清站在稍遠處看著。

△文清的O.S.起：「離別時，妳哥哥不要我再到那裡去，他交代的話，妳要永遠記住……」

81 場C　二嫂診所內　日

△文清的O.S.延續到這一場時他抬頭，壓抑著情緒，訣別的表情看了看寬美，然後又寫。

文　清：（O.S.）不要告訴我的家人，讓他們當我已死，我的人已經屬於祖國美麗的將來。

△文清寫完，寬美早已一臉淚水。

82 場　小上海內外　日

△歇業狀態的小上海，亂後尚未振興，很衰。樂師和閒散的酒女們倚在桌邊，喝著酒，無聊唱著那個年代哀愁的曲子。

△聲音傳到屋內，大哥正和文清講話，阿雪在旁把父親的話寫給文清看。

大　哥：早上去阿母的墓拜拜，博都沒杯（一直沒擲到勝筊）。難免，四個兒子，伊只看到我一個，當然會問。我就隨個仔（一個一個）跟她說，講到你的時候，我說，我也不知他是不是一世人都要這樣躲在房間裡，我有想要替伊開一間照相館在隔壁，也不知他肯不肯……人查某囝人，不顧體面，走厝來咱家找伊，意思這麼明了，伊不知識否？我這樣跟阿母講，你有滿意否？

△大哥講完就走了出去。

△廳旁，樂師仍那麼哀愁地唱著歌。大哥走過，整個情緒忽然暴烈起來，悶聲說：「不要唱，唱啥小！」

△樂師和酒女都沒聽見，依然唱，大哥衝過去抓起樂師的胡琴猛砸。

大哥：（大吼）叫你別唱沒聽見是不是！幹你老母！

△大哥罵完兀自離去，樂師和酒女愣在那邊。

83場 北投賭場 夜

△煙霧瀰漫中，大哥在房間內賭馬雜。他輸了一回，再發牌時，把全部籌碼推上前，牌一摸，連看也沒看，即現牌。

△眾家扔牌，妾兄把人家的籌碼全掃過來，大哥抓一把塞入他口袋。

△妾兄樂滋滋地上下扔著籌碼走過甬道，去吃迎面過來的女侍的豆腐。

△房間中走出兩個熟悉的面孔，是比利和金泉。

妾　兄：（上海話）比利啊，你也在啊，贏錢吧！
比　利：（上海話）哪有，輸錢才出來的。
妾　兄：講笑話，你比利的錢不都是只進不出的嗎，誰敢把你的錢從口袋掏出去，那麼大膽！嗯？檢舉他，告他漢奸！讓他像林文良一樣，吐得乾乾淨淨，連命都得吐出半條來！
△金泉一個巴掌打了下去：「ㄍㄠˇ話啊！」
△妾兄衝著金泉：「就是你們這ㄅㄢˋ的，專門捧阿山的卵泡！」在甬道上打起來，比利暗中拔出一把白朗寧小槍，朝妾兄開了一槍之後欲逃。大哥衝出房門，看到比利手中來不及藏起的槍，已明白一切，比利還來不及反應時，他撲過去，一個過肩摔摔倒他之後，瘋狂把他頂在壁上打。
大　哥：相打要像這樣，用正步，知否，用正步！
△場面大亂，各房間衝出人來，聽見有人吼道：「雄仔！」
△大哥看過去，是阿城、阿山、老表等人。
阿　城：眼睛ㄙㄚ卡金一點，這裡是北投，不是基隆。
大　哥：真好，用約的也沒這樣齊！咱的帳做一下清好了，現在是要一個一個

ㄒㄧㄚˋ還是做一下來！（摸出腿邊的短刀）你爸爸今天手氣不歹，我看做一下啦！

△大哥撲向阿山，叫道：「我先清你這個老奸！」老表護上來，大哥一腳踢開，阿山欲逃，大哥勒住脖子，刀往腰眼插，阿山怪叫倒地。大哥在重圍中和金泉、阿城兩人打。

△老表冷靜地站一邊，暗中抽出一把細尖的錐子換在手中，當大哥被逼向這邊時，他一下從胸口刺下去，快速轉開把手，竄過去，扶起倒地的阿山，往外欲跑。大哥叫道：「走哪！台灣小小的啦你要走哪！跳海啦！」

△阿城也跑，剩金泉對打。大哥忽然感到疼痛無力，被金泉打了幾拳之後，奮起一擊，刀子插上金泉胸部。欲追出去，終於倒地坐下來，看到自己胸前的錐子，猛拔，血冒出來。他看著那錐子，有點不解，最後歪了下來，血汩汩地流著。

△地上的比利，妾兄，金泉，和大哥，以及一地血跡，人們在遠處看著。無聲。

84 場　小上海酒家內外　日

△阿雪跪著，紅腫的眼睛，大嫂和其他小孩也跪在一邊。
△道士正做著法事，棚上大哥的照片。
△屋內，阿公赤膊，露出蒼老無力的肌肉，阿坤跪在地上，替他紮腰巾。

阿　公：（嚴肅地，一臉殺氣）卡緊咧，擱卡緊，這樣氣才提得起來上身。好。

△阿坤扣緊之後，阿公穿上短衣。

阿　公：你好未！

△阿坤沒說話，撩起衣服給他看，阿公一拳擊向阿坤，阿坤眼沒閉，擋住拳。

阿　公：可以！我這個查甫孫卡贏別人十多個！

△阿公拿出一把武士刀給阿坤，自己取出拐杖刀。
△阿公和阿坤走過客廳時，姨婆和女眷們在折紙錢，都呆住。

姨　婆：（大叫）老猴，你是在ㄒㄧㄠˋ呢？

阿　公：（抽出刀）擱講一句我就先殺妳，某已經死一個了，多死一個也不要緊！

△女眷們不敢動，阿公推阿坤走。

二　嫂：阿坤——

△阿坤看媽一眼，仍往外走。

△阿公和阿坤快步走出家門，裡頭有人叫：「給那兩個拉著！不通給出去！」

△一堆人過來攔，阿公吼叫：「不可ㄨㄚ來（靠過來），幹伊三代！不通看我阿祿舍無小！駛伊娘！我的子，一個一個給殺咧玩！駛伊娘！」

△喪棚內忽然跑出文清，一把抱起阿公。

阿　公：（踢打掙扎）給我去啦！死囝仔，這口氣沒透，我死都不願！駛你娘！你臭耳聾呢！你死囝仔！攏死啦！攏去找你老母做伴！

△阿雪和大嫂跑出來，看著阿公的樣子，淚流滿面。

△文清抱著阿公，用力抱著，阿公最後無力地喘著。三哥站在稍遠處，愣愣地看著。

阿　公：我……我剩你這個臭耳聾的而已哦……剩你這個……

85 場　海邊　日

△漫天紅雲，颱風之兆。

△臨海的崖坡，站著一群著喪服的人，道士誦咒在陣風中斷續傳來，冥紙燒得灰揚。淡出。

86 場　小上海酒家內　日

△嗩吶奏起，鐃鈸並響，雜著喧嘩的人聲淡入畫面。

△大廳神壇上紅燭高燒，阿公盛裝坐在八仙椅上。

△直到阿雪和眾女眷擁簇著文清寬美進來時，我們才知道這是一場趕在喪事後百日內舉行的婚禮。

△晚輩們袖上襟前仍縫著白色絨花，新郎新娘亦不例外。死喪與婚慶並舉。

87 場　台金醫院　晚上

△醫院一片黑，遠遠有嬰兒的哭聲。

△燭光中的病床上，寬美躺著，文清在她身旁，略扶起她，護士抱著嬰兒給

他們看，文清喜極而泣。

88 場　美煥然照相館內外　清晨

△九份小城的清晨，微雨。字幕：一九四九年十月。

△市場已有早起的攤販在走動，濕濕的路面，似醒未醒的腳步，開店門的聲音。

△美煥然照相館的招牌。拍門聲很急切。

△門口，披著毛衣的寬美打開門，外頭是一個帽子壓得低低的人。

△那人把帽子抬了抬，是中藥店的店主，把一封信遞給寬美轉身即走。

△寬美把門關起來，轉身時，看到文清站在那兒。

△寬美把信拆開，文清過來看。

寬　榮：（O.S.）文清，老洪告密，基地被剿，為了寬美，及我未曾謀面的小外甥，你務必儘快避走。我前程未卜，只能期待異地重逢，或來生再見。寬榮。

△寬美淚眼看著文清。

△文清抓她的手寫字。出字幕片：妳也知道，總有這一天，是不？
△寬美點頭。
△文清又寫。字幕：暫回四腳亭，好好照顧孩子。
△寬美拉過他的手寫。字幕：不，從離家那日起，我已決定，我們生死一命。
△臥室內，兩人沉默而慌亂地收拾東西，小孩醒來，在一旁哭著。

89 場　瑞濱小火車站　日

△寬美與文清在月台上等著火車，寬美懷中的兒子睡了。
△車站柵欄外，雨霧迷濛，海濤洶湧。
△文清看著稍遠處的母子，好一會兒，寬美也靜靜地看他。

90 場　照相館　日

△寬美盛裝，抱小孩坐在那兒，文清穿上結婚的西裝在調相機。
△他調好後，坐到位子上，湊近了身子，然後按下手中的快門線，鎂光燈閃

過。

△三人的影像轉成一張黑白照片後起O.S.。

寬　美：（O.S.）阿雪，小叔被抓了。至今下落不明，我們曾想過逃亡，但我們知道終究是無路可逃的。

91場　小上海酒家內　午後

△阿雪看著照片，一臉茫然。

△三哥坐在天井邊替兒子做風箏，小孩圍著看。

△妾子林光明已四歲，在天井騎竹馬玩。

△酒家內，妾兄與鶯燕們在玩四色牌，斷斷續續的笑鬧及咒罵聲。

寬　美：（O.S.）到今天才寫信，是因為心情總算平靜了。這張照片是妳小叔被抓前三天照的。被抓的那天，小叔在替客人照相，他堅持做完工作，然後平靜地被帶走。我到過台北託人打聽，卻毫無消息。阿樸長牙了，常愛笑，眼神像極了小叔。有空來看我們，九份秋深，滿山芒花，白茫茫的一片，像雪。

△畫面的最後是阿公歪睡在他專用的藤椅中，秋陽已斜，一頭亂髮剎那間被渲染出一輪金黃的光華來。淡出。

△字幕：一九四九年十二月，大陸易守，國民政府遷台，定臨時首都於台北。

（劇終）

後記

朱天文

《悲情城市》得獎了，使我想起日本作家井上靖。曾經有數年，井上靖是亞洲人當中極可能獲得諾貝爾文學獎的人選之一，故每年到公布得主前夕，井上靖的家門前總要擠滿了記者，電話不斷，飛傳著各種預測和謠言。處此騷亂，井上靖很是無奈，他說：「驚喜是只有在寧靜之中到來的。」

是的，寧靜。侯孝賢的寧靜，詹宏志的寧靜，我們的寧靜。報社編輯打電話去侯孝賢家裡訪錄得獎感言，侯太太淡淡說：「應該的。」

首先要感謝詹宏志。是他，堅定而持續的以他尚未被驗證的理論去說服了投資者投資侯孝賢。此刻我們理所當然接納這個正在被證明的事實時，可記得當初知之不易？知事之端，知物之理，知人之明。那樣清澈的知的能力，除了訓練與長期思考觀察，還有一樣特質，即新鮮無私如嬰兒般的心眼。所以他能沒有資訊的障，知識的障，學問障，意識型態障。他追索事理真相的那股子活潑勁，只因為真相的本身帶來最大的喜悅，是目的也是手段，此外不求報償。我感覺他越來越接近於創作者，這是詹宏志的寧靜。

我們悄悄在片頭放映前的字幕裡打出「策劃詹宏志」，是他，促成了《悲情城市》開拍。我猜想他看電影時一定嚇了一跳。正如我摘錄他的話語時——「侯孝賢是搖錢樹」，「我談的是生意，不是文化」，「賣電影可以像賣書」——我猜想，這些刀鋒邊緣的正話反說，會是如何的冒犯了許多文化人的「潔癖」，恐怕已觸怒他們。但我仍然高興，活在今日，做為文化人，竟能及時目睹理論的被檢驗，被實踐，還有什麼比這個更叫人感到驚喜？

侯孝賢的寧靜。在長達近兩個月的剪接裡，他與剪接師廖慶松，把所有拍得的素材處理成目前這個樣子的電影，有時一天只剪兩個鏡頭。是從這部電影，廖慶松給剪接安了個新名詞，「氣韻剪接法」。是在像煉丹人凝神專注守候著爐鼎的剪接中，侯孝賢一方面是參與者，而更多方面是冷靜理智的旁觀者，重組鏡頭，大膽調動畫面，他充分知道每個鏡頭和鏡頭之間和聲音之間是在幹什麼，他說：「我這次的結構會很厲害。」這個自我觀視知其所以然的過程，比從前任何剪接期間都要明晰而有收穫。將近完成時廖慶松打賭，得頭獎的機會一半一半，一半再加八好了，五十八肯定獲獎，四十二看運氣。寧靜，因為在電影世界裡他知道自己的等級是在哪裡的。

《悲情城市》，對觀影人來說是新作，對創作者而言，它已經過去。遙遠威尼斯的匈牙利旅館裡，吳念真哭了。緊緊抱住侯孝賢，不願使眼淚被人看見而至久久埋在侯孝賢肩上不能抬起頭的念真，得獎，全部這就是了。譽謗由它，無可增減，若於世人偶有啟發，那是幸運。眼前的是，去意浩無邊呢。

一九八九・十・十二

國家圖書館出版品預行編目（CIP）資料

悲情城市 / 朱天文 , 吳念真著 . -- 初版 . -- 臺北市：
遠流出版事業股份有限公司 , 2023.02
面；　公分

ISBN 978-957-32-9961-5（平裝）

863.54　　112000147

悲情城市

作者——朱天文、吳念真
電影劇照——陳少維
主編——曾淑正
美術編輯——陳春惠
企劃——葉玫玉

發行人——王榮文
出版發行——遠流出版事業股份有限公司
地址——台北市中山北路一段 11 號 13 樓
劃撥帳號——0189456-1
電話——(02) 25710297　傳真——(02) 25710197

著作權顧問——蕭雄淋律師
2023 年 2 月 16 日 初版一刷
售價——新台幣 350 元
缺頁或破損的書，請寄回更換

ISBN 978-957-32-9961-5（平裝）

遠流博識網 http://www.ylib.com
E-mail: ylib@ylib.com